緋彈的亞莉亞 XXXIV

Aria the Scarlet Ammo

34

早天的嚮導艦

赤松中學

1彈　玲二號作戰

我與雪花、卡羯、伊碧麗塔一起回到上野。車站最近正為了亞太經濟合作會議（APEC）的舉辦而加強戒備。

在那樣的狀況下要是有三名穿著軍服的人現身，而且帶烏鴉（埃德加）就算了甚至還帶著一隻黑豹（布洛肯），肯定會很驚險——不過幸好因為天生眼神很凶而經常遭到警察盤問的我，發揮出「避開可能會有警察伯伯的地方偷偷摸摸移動」的特技，順利度過了難關。畢竟時間上剛好遇到下班尖峰，也比較容易混入人群之中嘛。

——在雪山與蕾芬潔上校的那場戰鬥，講起來應該算不分勝負。

伊碧麗塔她們沒能暗殺上校，而對方也沒能達成拉攏雪花成為夥伴的目的就撤退了。

我們雖然獲得關於蕾芬潔的外觀長相、人格、武裝等等重要情報，然而卡羯受傷……腳踝剝離性骨折，使得我方的戰力耗損了。

而那個卡羯一抵達遠山家則是……

「超棒的～！你家簡直就跟電影裡日本武士住的家一樣嘛！」

如此露出閃閃發亮的眼神，表現得超興奮。明明是個拄拐杖的傷患，還真有精神啊。

「只是很老舊而已啦。木造房子很脆弱，妳可別太暴力把東西弄壞囉？」

我如此叮嚀，並帶著伊碧麗塔她們進到屋內後……

卡羯一看到客房的榻榻米就嚷嚷著「是用草編的地毯！難道不會爛掉嗎？」然後看到我用茶壺泡茶又大叫「這水壺還真可愛呀！」地，用包著繃帶的腳正常地走來走去，見到什麼都要評語個一、兩句。雖然我也沒啥資格講別人，不過她還真是個耐操的女人。

就連伊碧麗塔也是看到日式紙門就說什麼「這些用紙張的門看起來沒有鎖，象徵著這個道德意識很高的國家對他人信賴的文化呢」之類，活像個觀光客一樣悠哉地發表評論。

接著，因為德國人沒有坐地板的習慣——

「然後呢？」

「今後該如何是好？」

結果她們或許是把客房的凹間誤以為是靠椅，就兩人並肩坐了上去。

「喂！那裡是裝飾花瓶或掛軸用的地方啊！」

由於凹間地板與榻榻米之間的高低差有等於沒有，所以蹲坐下去的卡羯與伊碧麗塔又迷你又緊身的裙子底下差點曝光——於是我趕緊拉住那兩人的手，把她們拖到矮桌邊。

現在既然已經和蕾芬潔敵對，我也不得不和這些傢伙共同行動了。可是……什麼叫「今後該如何是好」啦？那種事情我才想問呢。真是沒有計畫性的傢伙們。

「關於今後的作戰，本人希望先稍微補眠之後再討論。對於連隊的兩位來說或許在不習慣的環境很難放鬆，不過也請妳們休息一下吧。」

摘下軍帽與白手套如此說道的雪花，在回程的新幹線上就已經有點打盹了。雖然我是屬於比較沒問題的類型，不過畢竟爆發模式結束之後通常會變得很想睡。而從剛才的發言聽起來，雪花應該不是像加奈那樣需要長時間睡眠的體質。

那個雪花……在雪山上與我的那段對話之後，就一直都表現得彷彿什麼事情都沒發生過一樣。

──『本人變得喜歡上你了啊』──

被這樣一個美女大姊姊如此告白，讓我起初還很不知所措。可是她之後表現的態度實在太過一如往常……搞得我現在甚至有種那句話是不是我自己聽錯的感覺。

雪花離開客房後，走向以前是我房間的三坪房。她似乎打算在那裡睡覺，因此我也跟到她後面……

「我幫妳鋪被子吧。雖然是我以前用的被子，妳可能不太願意就是了。」

為了對應該很疲憊的雪花稍微體貼一點，我伸手準備拉開壁櫥。

但雪花剛好也準備伸手拉開壁櫥──讓我們兩人手碰到了手。我的手包覆住雪花細緻的手，感覺就像把她的手壓住一樣。

「……嗚……」

「……」

結果雪花頓時有如輕微觸電般抖了一下，剎那間全身僵住。

接著她把自己的手縮回胸前，兩腳膝蓋還莫名貼在一起變成了X型腿。

隨後又用穿著軍服的背部把我推開……

「別、別在意。這裡七十年前也是本人的房間，也就是說本人擁有先住權。你出去！」

她說著，把我的枕頭跟被子都從壁櫥中搬了出來。而且大概是不想讓我看到泛紅的臉頰，把頭別向另一邊。

……這個……她果然、還是很在意我嗎……？

她剛才這個反應恐怕就是俗稱的「喜歡又故作冷淡」。由於對自己喜歡上某個人的未知巨大感情感到困惑，結果反而表現冷淡的一種口是心非反應。

在這點上，我也想問「今後該如何是好」啊。真的是。

無論對外對內都問題一堆的我，在廚房吞下太田胃散後——忽然聽到玄關傳來敲門的聲音。聽奶奶說爺爺好像跑去場外馬券賣場的樣子，但就算是他回來了也不可能會敲自家門才對。換言之，在門外的是亞莉亞吧。

我之所以這麼判斷，是因為剛剛在搭新幹線的時候就接到亞莉亞打電話來問我『你現在在哪裡』。她似乎今早才從位於島根縣的超能力者特區——神瀨回到東京。而我在電話中向她報告了關於蕾芬潔的事情後，聽到英國的宿敵納粹德國居然還有生存者的她，就當場激昂憤慨地表示『我等一下過去巢鴨，我也支援你們』了。

——我拉開玄關滑門，便看到身穿深紅色水手服的亞莉亞對我鞠躬……

「我是神崎亞莉亞，不好意思這麼晚來……唉呦，原來是金次呀。我還以為是你家人來開門，害我白打招呼了。」

「什麼叫白打招呼啦。妳就只有到我老家會忽然變得很有禮貌。」

即使遭到退學後也依然把防彈制服當成便服在穿的我，同是穿著武偵高中學生服的兩人重逢了。

接著，從她那跟小學生一樣矮小的身體後面……

「哥哥大人，晚上好。」

咦？居然有個比亞莉亞還要嬌小、身穿吊帶裙的女孩子現身了。

這邊倒是貨真價實的小學生遠山金天——我的妹妹。

亞莉亞跟金天，還真是奇怪的組合。

「……為什麼妳們會在一起？」

我總之先讓她們進到屋內並如此詢問後……

「你之前打倒的龍之魔女拉斯普丁納留下的純金粉——我在神瀨針對那東西調查的

過程中，變得需要有超超能力者提供意見，所以就去找金天了。畢竟那些金子是穿越時空的法術留下的痕跡，搞不好會是N企圖引發的第三次接軌的什麼關鍵要素呀。」

似乎已經從白雪等人口中獲得了各種情報的亞莉亞這麼說道。

「我聽九九藻說，金天之前在高尾的駐日美軍基地差點被什麼人取代人格——而且還使用了跟九九藻的祖先很像的語言講話。那搞不好就是從前接軌時來到這邊世界的獸人們原本的故鄉，也就是N試圖開門迎接的世界所使用的語言。這孩子在我們與N的戰鬥中有可能會成為關鍵人物。」

亞莉亞輕輕拍著金天的背並道出自己的想法。在她講話的語氣中帶有靠著遺傳自曾祖父夏洛克的直覺能力而獲得一定程度的確信……不過身為她搭檔的我聽得出來，除此之外還帶有另外的感覺。似乎是由於金天沒有把亞莉亞想知道的情報全部講出來而產生的一種焦躁感。亞莉亞剛才會打電話給我，或許就是認為把金天帶到我面前可能會變得比較坦誠吧。

「——另外關於蕾芬潔上校的事情感覺同樣需要有超能力者提供意見，所以我就直接把金天一起帶過來了。白雪她們則是留在神濺繼續調查。」

姑且不談金天似乎對亞莉亞隱瞞著什麼樣的事情，我說著「原來如此」並點點頭後——

「呃，哥哥大人，我聽亞莉亞小姐說……那位叫雪花的人現在在這個家裡，是嗎？」

大概是透過亞莉亞得知遠山家發現了新成員的金天，臉上帶著緊張興奮的表情，於是我對她點點頭。

「她是在這裡沒錯，不過現在在睡覺。上次我把妳叫來這裡的時候，其實她也在巢鴨。只是那時候的雪花很危險，所以我不敢讓妳跟她見面。抱歉啦。我想現在的她應該已經沒問題了。」

我一邊如此道歉，一邊將亞莉亞與金天帶到客房──

結果看到身穿親衛隊黑制服的卡羯伸著雙腳坐在地上，伊碧麗塔則是用還不習慣的跪坐姿勢坐在矮桌邊，兩人都一副很美味樣子地吃著奶奶端來的煎餅。

「……嗚呃，居然是亞莉亞。」

「……唉呦，Gute Nacht（晚安）。妳就是傳聞中的亞莉亞女士呀。」

卡羯搖著妹妹頭的黑髮，伊碧麗塔則搖著一頭金色的長直髮，兩人都把頭轉過來，驚訝地看向挺起沒肉的胸膛扠腰站立的亞莉亞。

「妳們也在這裡的事情我雖然有聽金次說過了，不過為了對抗 Nazi（納粹）居然要跟 Nazi 聯手，真是諷刺呢。我就把力量借給妳們，妳們可要好好感謝我喔，Krauts（酸菜女們）。」

「不是 Nazi，是 Nazis 喔，Inselaffen（不列顛島的猴子）。」

「不要初次見面就用歧視用語互鬥啦，亞莉亞也是，伊碧麗塔也是。現在的狀況是所謂的『戰略性互惠關係』，所以拜託妳們把歷史問題先擺到一邊去，互相合作行不行？妳們不是都有像English tea跟Kaffe trinken……我沒記錯吧？兩個國家都有透過喝喝茶、吃吃點心培養感情的聚會習慣對不對？就把現在當成是那種狀況啦。」

即便遠山家是個「驅亞結界」，要是亞莉亞跟卡羯她們在這裡大打出手就會擾亂到巢鴨的和平。於是我按住亞莉亞的雙肩往下壓，讓她像折疊起來一樣跪坐下去，再推著她的背讓她坐到矮桌邊，然後從背後操作她的雙手拿起煎餅。

金天則是泡了一壺已經被沖泡到很淡的綠茶後，亞莉亞終於也「啪哩啪哩、滋滋滋～」地吃起煎餅喝起茶，做好與魔女連隊的兩位暫時合作的心理準備了。

結果就在這時，嘟嘟嘟～嘟嘟嘟～

亞莉亞的手機發出了來電鈴聲。這聲音，是Skype吧。

於是亞莉亞從裙子口袋中拿出她的iPhone……

「是梅雅。」

如此說道後，接起視訊電話。

『Buon giorno（妳好），亞莉亞小姐。』

雖然現在這邊是晚上，不過義大利似乎是白天的樣子，畫面上映出以教會明亮的花窗玻璃為背景的梅雅。

她是梵蒂岡的修女，同時也是羅馬武偵高中的女教師，在與N的戰鬥中一直都為我們提供協助。雖然臉蛋漂亮體型又豐盈的部分是缺點，不過為人相當溫柔，跟其他與我有來往的女生們比起來（一方面也因為其他人實在太誇張的緣故），基本上屬於較沒問題的人物。

亞莉亞把 iPhone 放到矮桌上，於是大家都把頭湊近過去……結果金天和伊碧麗塔也都被前鏡頭拍到了，因此……

「我先向妳介紹一下，這是我妹妹，叫金天。至於伊碧麗塔妳認識嗎？」

聽到我如此介紹，梅雅用她那對群青色的眼睛看向在場所有人……

『金天小姐，初次見面。我叫梅雅．羅曼諾。雖然看到兩隻德國害蟲讓人有點在意，不過確實，我認識伊碧麗塔女士。在極東戰役時我被她銬上手銬，脫到只剩內衣褲然後用水鳥羽毛搔癢腳底跟腋下，整整拷問了兩個小時，所以我記得非～～常清楚伊碧麗塔虧妳那時候竟敢如此汙辱聖女還笑得那麼開心下次讓我見到妳的時候我一定會對妳神罰代理在祝祭日用聖火把妳燒得焦黑然後把屍體大卸八塊丟到八條河流去妳可要好好感謝我呀感謝我。』

梅雅一開始還語氣柔和，但講到最後的聲音簡直就像發自地底深處般低沉恐怖……話說她在荷蘭被魔女連隊抓到的時候，原來遭遇過那樣的事情啊……也真虧伊碧麗塔有辦法搔癢梅雅兩個小時那麼久。虐待狂做的事情實在讓人難以理解。

聽到自己長官被人預告殺害的卡羯當場「啊？就只有奶子很大的乳牛女在叫囂個屁！」地透過 iPhone 發飆起來。難道歐洲人大家感情都這麼差嗎？

身為日義混血兒的梅雅，對著卡羯擺出朝自己那對確實很大的胸部做水平手刀的動作——在義大利代表厭惡對方的手勢之後……

『現在重要的是，有件緊急通知呀！』

她輕拍雙手合掌，散開一頭輕飄飄的金髮，露出溫和的笑臉。

『在聖騎士團營座接受我們照護的夏洛克・福爾摩斯卿終於清醒過來了。』

聽到這個消息——亞莉亞立刻開心地睜大她紅紫色的眼睛。

當初我們在羅馬為了貝瑞塔・貝瑞塔的事情對抗N的時候，夏洛克在廣場大酒店被尼莫擊敗了。雖然救回一命，不過從那之後就一直在梵蒂岡陷入昏睡狀態。

「——太好了！那他現在狀況怎麼樣？」

然而亞莉亞這麼詢問之後……

梅雅忽然把視線從畫面移開，『Allora...（呃……）』地搔搔自己的臉頰。

她臉上好像還帶著一點苦笑。那是什麼反應？

『他、他很健康喔？一醒來就馬上可以行動，甚至也能自己換穿衣物。只不過那個、該說是健康過度了嘛……』

「健康過度？」

我這麼詢問後……

『就是那個……我們稍微沒注意到的時候，他就趁機從梵蒂岡消失蹤影了……』

梅雅說著，吐出舌頭。

「那是什麼嘛！」

亞莉亞當場氣得讓雙馬尾都豎了起來……

不過就在那粉紅色的馬尾飄下來落到我跟卡羯頭上的時候，她已經用一隻手撐著額頭，「唉……」地露出無奈的表情。

「……哎呀，畢竟曾爺爺是個沒辦法忍受長期待在同個地方的人嘛。因為他年輕時總是宅在家裡結果造成的反作用。真受不了，他到底是跑到哪裡去了。」

她對於一復活就上演失蹤劇的夏洛克雖然姑且表現出理解的態度，不過在那平坦的胸口深處似乎還是抱著某種不安的預感。

「……現在去想也沒有意義啦。畢竟他可是跟莫里亞蒂教授一起掉到瀑布之後隱藏行蹤了一百年的人物，就算想去找他也不可能找得到吧。反而是對方可能哪天忽然自己現身呢。而且那一天搞不好很快就會來了。畢竟他還持有潛艇（伊・U）啊。」

我難得體貼地如此安慰亞莉亞後……

「說得也是。謝謝你，金次。」

她對我露出一臉彷彿周圍都會綻放花朵似的笑容，很坦率地表現出開心的態度。

（……嗚……）

由於美少女偏差值超過七十的亞莉亞用那張美少女臉蛋露出美少女笑容——害我的心臟「撲通！」地發出連自己耳朵都可以聽到的心跳聲。

好、好可愛。她還是老樣子，這麼可愛啊。尤其是在笑的時候。

從認識以來我就一直很疑惑，為什麼這傢伙唯獨臉蛋是如此堪稱世界第一啦？

不對，亞莉亞還有其他部分也堪稱世界第一，就是對我擊發過的子彈數量。

然而我之所以會全部原諒她，果然還是因為這傢伙實在太可愛了吧。

這種事情實在一點都不合我的個性……啊啊受不了，神崎・H・亞莉亞小姐，妳真的很讓人傷腦筋啊。『我想說首先要通知亞莉亞小姐才行，所以打電話……打Skype？給妳了。等一下我也會聯絡當時有出席廣場會議的人——也就是貝瑞塔小姐跟蕾姬小姐，通知她們關於夏洛克卿的事情。至於遠山先生跟卡羯就當作現在已經告知了。那麼，**Adonai melekh namen**（願神祝福）。』

只有對卡羯不加稱謂如此說道，並且在自己胸前畫個十字後，梅雅便結束了通話。

——總之……對我們來說，夏洛克復活是個好消息。畢竟他無論在智力或戰力上都是最高等級的可靠男人。

不過前提必須是他願意站在我們這邊啦。

只要從上個世紀就對立的宿敵——莫里亞蒂教授依然是對手的領導人之一，夏洛克應該就會與我們共同對抗N。然而就在與N的鬥爭之中，對夏洛克來說又出現了另一位宿敵，就是差點把他殺死的尼莫。

在華生的祖先留下的傳記中也有寫到，夏洛克的個性意外地很愛記仇。今後如果在哪裡見到他，我可能需要想辦法說服他別報復尼莫了。也就是說，這下同時也增加了一個麻煩問題的意思啊。

到了晚餐時間，昏昏沉沉醒來的雪花與卡羯、伊碧麗塔、亞莉亞等人都不停地

吃，不停地吃。雪花還姑且不說，但妳們其他人一直下一碗下一碗的，在別人家就不會客氣一點嗎？另外，金天大概是吃到奶奶做的菜很開心的緣故，也意外地吃得很多。

當成配菜的燉菜給這麼多人分著吃，一轉眼就吃光了，剩下頂多就是海苔醬跟佃煮（註1）而已的說——可是把電鍋跟家裡能用的鍋子全部拿來煮到極限的十二杯米，最後竟然全都消滅得一乾二淨。這裡難不成是女子橄欖球隊的餐廳嗎？

吃完飯後……

我們一群人再度來到客房圍著矮桌坐下，討論起對蕾芬潔上校的反擊計畫。

雪花首先表示「就讓本人再次把自己所知的敵方情報告知各位吧」，然後開始講起了上校在列庫忒亞時的狀況。

「本人和上校起初分別抵達的是玲方面的南部與北部，距離相當遠。而且大本營有向本人下達過『減少與德方接觸，盡可能獨占有利情報』的命令，因此本人當時僅有從遠地調查上校的動向而已。所以在這裡要先向各位說清楚，本人接下來講的內容多半都是聽來的傳聞。」

即使在列庫忒亞發現了什麼可以利用到戰爭上的東西，也要向德國保密——日本軍這樣的想法也不是不能理解。畢竟日本和德國當時就算是同盟國家，也並非無條件共享雙方的情報與技術。就像大戰期間日本軍派遣潛艇到德國提供氧氣動力

註1　日本傳統的佐飯配料。

魚雷和水上飛艇的技術，以換取德軍的雷達與噴射引擎技術一樣，交換情報也是需要代價的。因此當時的軍方應該是考慮到將來在交換情報上能夠站在優勢立場的可能性，於是對雪花下達那種命令的吧。

「上校在玲北部的山岳地帶與某女神締結了盟約。關於這女神的身分本人雖然知道得並不詳細，不過據說她告訴了上校關於玲當地自然花草的生態。金次，在越後湯澤攻擊過你的那個蘇伊莫亞——本人取了個日文名叫『食人草』就是其中之一。」

也就是我們在雪山上追逐 Kettenkrad Icebell 時，從蕾芬潔的頭髮中伸出來咬我的……那些像巨大捕蠅草的玩意嗎？

「蕾芬潔到現在依然深信著希特勒那套『戰爭能使人類進化』的主張，因此企圖將那女神召喚到這邊的世界，讓玲方面——也就是列庫忒亞與這個世界之間爆發戰爭。她也說過要在日本的某個地方建立女神的第一塊領土，當成戰爭的橋頭堡。順道一提，據說不管用戰車、戰鬥機或是核彈都無法擊敗那女神的樣子。」

為了讓亞莉亞她們也能理解狀況，我如此補充說明自己在燕峰閣聽過的內容。雖然跟雪花那段有如騙小孩故事的發言一樣是莫名其妙的內容，不過在場沒有任何人一笑置之。

「用核武也無法打倒……？那究竟是什麼存在嘛。」

「不清楚。或許是像靈體之類的女神吧。」

如此討論的亞莉亞和我，都無法想像據說跟蕾芬潔合作的那個女神的真面目。在這點上雪花、卡羯她們以及金天似乎也一樣，於是……

「——關於那個橋頭堡……」

伊碧麗塔換了一個討論主題。

「蕾芬潔上校之前經由代理人仙杜麗昂，向我們說過『我要在這地球上創造新的國家』這種話。我想她的計畫應該是以這次建立的橋頭堡為根據地，然後將領土擴展到國家等級吧。」

「而且她還講過到時候要稱那國家為『德意志第四帝國』，然後稱自己為『元首（Führer）』這種瘋話。」

伊碧麗塔的額頭冒出ㄣ字型的青筋，卡羯也講得氣憤不已。對於魔女連隊來說，『稱自己為元首』或許是一種極度傲慢而不可原諒的行為吧。

「蕾芬潔雖然想要聘用雪花為那場戰事的軍官，可是卻遭到雪花拒絕了。即便如此，那傢伙似乎仍舊意志堅定的樣子，所以靠自己目前手中的資源——就算只有獨自一個人應該也會一意孤行吧。占領日本的某處做為一個點，然後將點擴張為面這樣。」

「如果有辦法知道那個地點，我們也就能反擊了。她有說過什麼或許能當成線索的發言嗎？」

我補充說明後，亞莉亞對我如此問道。於是……

「雖然不是發言啦……不過蕾芬潔似乎異常地怕熱。那傢伙的頭髮上開著列庫忒亞產的花，而那些花似乎也是氣溫不夠冷就沒什麼精神的樣子。我猜那大概是跟她結盟的女神掌管的土地——也就是北方的植物吧。所以她肯定會挑寒冷的場所才對。」
我事先就料到可能會討論這方面的事情而準備好了地圖冊，於是翻開日本全國地圖那一頁。畢竟卡羯她們可能對日本地理不是很熟悉嘛。然後……
「在日本北部有個叫北海道的大島……」
我擺出一副像老師的態度，準備教一教兩位德國人關於「日本寒冷地區」的知識。結果卡羯不知道為什麼露出得意洋洋的表情……
「嗯，那就跟我偵測到的一樣了。蕾芬潔上校就在這塊海域。」
她說著，指向地圖中北海道以北——鄂霍次克海的位置。
大家於是都愣著表情看向卡羯，於是她挺起稍微比亞莉亞大一些的胸膛……
「談判決裂的時候，上校的那個小妹——仙杜麗昂不是丟了顆煙霧手榴彈嗎？那時我就把含到嘴裡的水從『水槍』切換成『霧之標記』了。而且是改良版，偵測範圍擴大到一百倍。雖然當時因為忽然改變吐水方式害我嗆到就是了。」
……「霧之標記」……！
那是卡羯在羅馬的廣場會談時也施展過的魔術。
雖然是從口中吐出水蒸氣潑到別人身上，感覺有點髒的招式，不過那蒸氣施加有類似發訊器的魔術，能夠事後追蹤對手的動向。由於這招吐出來的水煙靠肉眼就能看見所以想躲也是躲得掉，但卡羯當時是反過來利用仙杜麗昂丟的煙霧彈——在一片煙霧中吐出水蒸氣，成功潑到了蕾芬潔上校。不愧是身經百戰的厄水魔女，幹得好啊。

「卡羯妳太棒啦。可是妳為什麼沒有馬上跟我們講？」

「要是我馬上講，雪花搞不好會當場下令什麼『突擊——！』的，展開一場亂來的追擊戰呀。所以我決定等她稍微冷靜下來之後才講了。」

從卡羯的講話語氣以及伊碧麗塔似乎知道這件事情的態度看來……這應該是伊碧麗塔從旁指點她的。雪花頓時不太高興地垂下嘴角，不過我也覺得那個選擇是正確的。

「當時上校搭乘 **Focke-Achgelis** 從那座雪山一度往北——移動到了這塊海域。雖然現在又掉頭回來往南移動，但速度忽然變得非常慢，應該是換搭上船隻。雖然以船隻來講這速度也很慢就是了啦。路徑就像這樣呈現曲線……因此我猜她應該不是前往北海道，而是朝著這座島移動。估計再幾天才會上岸。」

看到卡羯所指的島嶼……我不禁露出苦澀的表情。

因為那裡是……

（……北方領土（註2）……）

是擇捉島啊。

由於我和亞莉亞把緋緋色金的本體送回了太空，因此現在日本的色金粒子濃度減低，逐漸成為魔女們的樂園。所以我也不難理解蕾芬潔會盯上日本的理由，可是她哪

註2　即南千島群島。二戰後日本與蘇聯（及後來的俄羅斯）皆主張擁有主權的爭議領地。包含擇捉島、國後島、色丹島及齒舞群島，現今由俄羅斯實際管轄。

兒不好挑，偏偏挑上了那個地方。雖然那一帶可能是沒有色金粒子的區域中最寒冷的北端啦。

蕾芬潔有對雪花說過，她要當成橋頭堡的地點是『妳既然身為帝國軍人就必當合作的地方』這種話。如果她計畫的地點是擇捉島，那麼這句發言也就解釋得通了。

（——那傢伙是打算登陸北方領土，然後從那裡發動與世界為敵的戰爭嗎？）

我先假設如此並稍微想了一下……發現在各方面來講都太勉強了。

首先，她要怎麼占領擇捉島的西岸？就算只是一小部分也好。

我是不曉得魔女連隊的成員中有多少人加入了蕾芬潔的旗下，但她們原本就只是個規模不算多大的恐怖分子集團。不用猜也知道她們並沒有足以建立什麼橋頭堡也就是軍事設施的工兵，也沒有足夠維持那個設施的軍事力量。擇捉島與國後島上合起來共駐紮了整整一個師團的俄羅斯兵，而且配備有戰車、裝甲車與大量的火炮啊。

如果有列庫忒亞的女神幫忙或許還有辦法，可是照蕾芬潔的講法——召喚女神應該是等到她建立了橋頭堡，準備好適當的環境之後才做的事情。

（……那她究竟是打算怎麼做？不，在談到這點之前……）

說到底，北方領土近海可是俄羅斯邊防警衛處巡邏最密集的海域之一。在那塊海域行船的日本漁船遭到俄國逮捕的案件是層出不窮，甚至還有遭到槍擊讓船員被射殺的案例呢。

「喂，卡羯，雖然妳說上校是坐船前往擇捉島……但那種做法只要一越過俄國主張的領海線就會遭到邊防警衛隊猛攻啦。就算那女人是妳們這群在世界各地搞蠢事的魔女連隊之中的一員，應該也不會蠢到那種地步吧？她真的是搭船過去嗎？」

我用這樣最基本的理論吐槽卡羯的看法，可是——

「我可沒有蠢到要被你這種蠢貨講話。上校有徹底被『霧之標記』噴到，所以不只經緯度而已，就連高度我也能大致偵測到！雖然多少有點上下起伏，但上校都在幾乎與海面相同的高度。那樣只可能是船隻吧！」

卡羯捏住我的耳朵，朝我耳孔如此大聲反駁。但我依然很固執地……

「不不不，妳們也有像飛船或Ｕ型潛艇之類的吧！搞不好是用那玩意緊貼著海面飛行或航行啊！」

同樣捏住卡羯小不啦嘰的耳朵，朝她耳孔大吼。然而……

「無論齊柏林ＮＴ號或Ｕ型潛艇Klasse XXIII（XXIII級潛艇）都在我們魔女連隊總部的管理之下，並沒有交給上校使用。」

我的說法卻被有點在憋笑的伊碧麗塔長官當場否定了。

就在這時金天舉起手來，彷彿為了幫哥哥大人講話似的……

「那麼請問飛行艇怎麼樣呢？就像飛機在地面滑行一樣，搭飛行艇在海面滑行之類的。」

在這間儼然變成猜謎大會會場的客房中，她提出了這樣的假說。

「做那種事情根本沒有意義，Ｆａ２６９改（Focke-Achgelis）也沒有那種功能啦。我說是船就是船！」

卡羯「哼！」一聲把臉別開，不過……

「哎呀，姑且不談笨蛋金次的假說，他提出的疑問我也一樣覺得奇怪。蕾芬潔的計畫要如何登陸擇捉島？俄羅斯的巡邏船會用對水上搜尋雷達監視著那一帶的專屬經濟海域、鄰接海域跟領海，因此如果是搭船，連接近島嶼都辦不到呀。」

亞莉亞雙手抱胸，用她的娃娃聲如此講著。

「反而是金天的說法還比較有現實感。畢竟既然無法從海路入侵，就只能從空路了。不過空中當然也有國後島的地面雷達系統在監視……然而地面雷達是為了監視從高空飛來的轟炸機或戰鬥機而設計的系統，所以在原理上對於低空飛行在水平線，也就是地球圓弧線另一側的飛機是無法發現的。」

「這麼說來我好像也聽過類似的事情，說北韓的雙翼機飛在監視海面的雷達與監視空中的雷達之間的縫隙，旁若無人地偵查南韓領海上空什麼的。」

雙翼機能夠以就算被卡羯誤以為是船隻也不奇怪的緩慢速度——甚至靠時速五十公里也可以飛行。這個亞莉亞與我提出的縫隙說法乍聽之下似乎說得通，可是……

「嗯～卡羯說她偵測到的速度是『以船隻來講也很慢』的程度……我認為如果是小型飛機，應該沒辦法搬送建造橋頭堡用的建材吧。」

就如伊碧麗塔長官所說，這假說同樣有它無法解釋的部分。

到頭來……別說是蕾芬潔要如何建造自己的陣地了，我們甚至連她究竟是搭乘什麼工具移動都沒辦法推測。除了目前位置與移動路徑以外，我們幾乎無法掌握到任何敵情。

就在這時……

「大家為何從剛才就一直在討論俄羅斯的事情？如果是擇捉島的海域，不就是日本領海嗎？只要我方也準備船艦，遇敵擊破不就好了？」

雪花用一臉無法跟上討論內容的表情如此詢問。

「呃不，那一帶的島嶼在二戰快結束時被蘇聯軍趁亂占領了。對方完全不理會當初的日蘇中立條約。然後到現在，那裡依然是由俄羅斯實質管轄。」

聽我這麼說明後，雪花睜大她那對細長的眼睛。

「你說蘇聯？可是在日本地圖上，那裡確實是日本領地呀。」

「因為日本和俄羅斯都主張那裡是自己的領地啦。日本政府雖然想透過政治手段把那塊區域討回來，但遲遲難有進展。換言之，那一帶可說是日本近海之中數一數二的麻煩海域。要是我們搭船過去，搞不好會被裝有大炮魚雷、全副武裝的俄羅斯巡邏船當場擊沉啦。畢竟那些傢伙甚至連漁船都照樣會攻擊。」

「唔唔唔……蘇聯軍還是老樣子那麼好戰。不過蕾芬潔上校是個膽大心細的軍人，肯定早有準備好騙過蘇聯——騙過俄羅斯順利登陸並建造陣地召喚玲之女神的手段。不管怎麼說，我們也必須想辦法到這片海域去。去了就能看到敵人。看到敵人就能攻擊了！」

個性急躁又帶攻擊性的雪花似乎氣到腦充血，一拳捶在桌面上。以前的日本軍大概也是像這樣子，即使對敵人的事情都沒搞清楚就想要突擊吧。

而與雪花具有同等級攻擊性的亞莉亞也是……

「我姑且有想到一個去擇捉島海域的方法。」

——換句話說，她是進攻派。嗚嗚，這下看來真的不去不行啦，北方領土。

「巨大的鯨魚在海中雖然馬上會被看到，可是小小的金魚就看不到了。我們用奧爾庫斯潛航艇。」

金魚是淡水魚的問題先放到一邊——我聽到「奧爾庫斯」這個詞就不禁抬起頭來。

那是從高速魚雷中把炸彈拆下來，改裝成人類搭乘用的超小型潛艇。

然而，我和白雪曾經搭乘過的奧爾庫斯……也就是伊．U時代的貞德搭乘潛入武偵高中的那艘潛艇，在我們停靠到安蓓麗奴號的時候就被丟棄在現場了。

而在我的記憶中還有一艘……

「也就是在香港那時我棄留在西瑪．哈里號上的那艘嗎？就是因為妳把螺旋槳破壞掉，害我必須跟佩特拉搭同一艘，結果還被她索取了一筆搭船費啦。」

卡羯事到如今才對亞莉亞如此抱怨後……

「不只螺旋槳而已，當時為了把妳裝在油艙裡的炸彈找出來，金次還搭著它沉進石油裡面，搞得到處都故障了。後來我叫機孃幫忙修理，而現在是我的私人物品。那東西就夠小，可以在不被任何國家發現之下順利入侵目的地。」

原來如此。畢竟那本來就是伊．U為了在世界各地非法入境用的玩意，而實際上貞德就靠那個入侵了日本，佩特拉跟卡羯也靠那個入侵了中國嘛。

這下感覺終於有點希望了，可是亞莉亞卻連同雙馬尾一起歪了一下小腦袋……

「不過這方法依然有三個問題。第一，那東西雖然修理過，但還是到處破破爛爛。不但沒什麼速度，續航距離最多也只能到六百公里。如果從東京灣出發連日本都回不來，所以必須用一艘母艦把它送到近海才行。第二個問題是，就算把裡面塞滿，最多也只能載兩人而已。」

上次四個人聯手都沒辦法制伏蕾芬潔了，要是只靠兩個人……會非常辛苦啊。

「第三個問題是什麼？」

我如此詢問後……

「那東西純粹只是移動用的工具，沒辦法偵查敵人。雖然有裝潛望鏡，可是就算天氣跟海浪條件再好，頂多也只能看到兩公里範圍。聲納也只有靠岸用的近距離探測器，就算裝上雷達也會因為送出的電波被俄羅斯的巡邏船發現。」

……那就根本不行嘛……

「只能運送兩名士兵的問題還可以接受，但是只靠那樣的瞭望半徑，就算上校搭的船是油輪也找不到呀。大海是很遼闊的。這樣必須除了奧爾庫斯之外另編一個小隊搜索上校的船，並提供詳細的位置情報才行。」

「剛才遠山跟亞莉亞提到用小型螺旋槳飛機飛在俄軍雷達縫隙間的點子，我們就拿來用吧。那要飛在多少的高度才不會被發現？」

「我聽說是五十公尺以上、九十公里以下的範圍。如果地面雷達系統距離遠一點，飛得再高一些也不會被發現。」

正如伊碧麗塔跟卡羯所說，我們還需要有人從上空搜索。

而相對於奧爾庫斯僅有半徑兩公里的瞭望範圍，如果照亞莉亞所說的高度上限——九十公里來計算，套入我為了升學考試學過的三角函數……可以瞭望到半徑三十六公里的範圍。雖然這樣想在茫茫大海中找出一艘船依然非常有難度，不過可能性提升了不少。

然而——

「要準備一架能夠執行這項作戰的飛機可是很難的。我們還不曉得對方搭乘的究竟是什麼玩意，如果遭到水上飛機或 Focke-Achgelis 迎擊，或是蕾芬潔搭的船具備防空能力，就會當場被擊墜。必須準備一架兼備高度運動性能及戰鬥力的機體才行。妳們那邊有沒有福克－沃爾夫戰機之類的玩意？我個人覺得比起 Fw190 更喜歡 Ta152 就是了。」

反正按照討論內容聽起來到時候肯定是叫我搭，所以我雙手抱胸如此詢問伊碧麗塔她們。

結果……

「Me262——梅塞施密特・暴風鳥的話，我們有保管在德國。」

「如果是螺旋槳飛機還沒什麼排熱量，應該不會被發現，但那是噴射飛機，肯定會被俄羅斯巡邏直升機的紅外線雷達抓到。抱歉抱歉，咱們納粹德國從以前的科學水準就是世界第一呀～！」

這兩人沒一個派得上用場嘛。

「其實不用特地從德國搬過來，在日本沒有 Zero Fighter 之類的嗎？」

「妳說零戰嗎？那種玩意可不是隨隨便便……」

聽到亞莉亞這麼說的我回答到一半，忽然想到一件事。

把雪花帶回遠山家的那天晚上，戰爭時擔任海軍維修兵——現在是諸星汽車公司董事長的諸星老人就帶來了22ｍｍ南部彈。

而他之所以有辦法準備那種玩意，據說是因為他有一間戰史博物館。

我想搞不好有機會而拿出手機搜尋……很快找到了諸星董事長的戰史博物館網站。然後在網頁上——

「是 Zero Fighter。果然有嘛！」

亞莉亞看到我手機螢幕上的照片就這麼說道，然而……

「不，那是天山。」

同樣看著我手機螢幕的雪花如此糾正。而她說得沒錯，照片上的是舊日本海軍的艦載機——天山。

天山是太平洋戰爭期間有一千兩百架以上投入實戰的攻擊機，在拉包爾、馬里亞納、雷伊泰島、硫磺島、沖繩等激戰區不只負責空戰或魚雷轟炸，也從事過偵查、防潛、嚮導等各式各樣的任務，是非常有實用性的戰鬥機。二戰結束後也有相當數量的機體留存下來，其中一架就在諸星老人的戰史館。而且似乎是動態機，網頁上有個超連結連向雅虎新聞的報導，說那架天山在紅牛特技飛行錦標賽的熱身賽中飛行過。

就像對於日本軍機不是很熟悉的亞莉亞會看錯一樣，天山與零戰之間有很多共通的地方——不過只要仔細觀察就能馬上知道那是兩種不同機體。其中一眼就能看出的不同點是駕駛員座位上擋風罩的長度。相對於單座型的零式艦上戰鬥機較小的擋風罩，天山因為是三人乘坐所以擋風罩很長。

「只要把這個借來，就能向蕾芬潔發動攻勢了。用天山找出蕾芬潔的位置，然後跟奧爾庫斯分頭夾擊。」

亞莉亞用雙手擺出左右夾擊動作，但卡羯頓時皺起眉頭……

「天山和奧爾庫斯要怎麼會合？要是用什麼無線電聯絡，可是會被俄軍攔截到電波喔。」

感覺只差一步就能成立的攻擊計畫卻碰上了這樣的難題。

即便天山找到了蕾芬潔的船，要是沒能把那位置告訴奧爾庫斯就沒辦法聯手行動。就算天山在孤立無援之下決定單獨進攻，畢竟地點是在一片大海上，萬一遭到反擊而機體受損甚至被擊墜，沒有救難艇援助就回不來了。

正當大家思考著該如何解決這個問題時……

「呃……」

坐在一旁聽著我們討論的金天舉起手。

「我有一種超能力，可以感受到跟我有血緣關係的人所在的位置。因此就算距離很遠，我也可以找出哥哥大人在什麼地方。啊，這不會發出什麼電波的。」

這麼說來……我第一次見到金天的時候，她就是用超能力找到了我家的位置。如果能夠辦到那種事，確實就能連起天山與奧爾庫斯之間的線了。

「我聽亞莉亞小姐說雪花小姐是一位超能力者，而超能力者多半都會在不自覺下為了防止被人探測到自己的超能力而展開某種遮蔽罩。我剛才試了一下，確實沒辦法感測到雪花小姐。所以說——請讓我跟哥哥大人分別搭乘奧爾庫斯跟天山。」

金天已經把她自己也會一起去的事情當成前提講出了這樣的提議，可是……

我個人很不願意讓金天被扯進這次的戰鬥中。畢竟那樣感覺就像戰爭時期把學生拉上戰場一樣。話雖如此，但現在也別無他法……而且在場六個人之中，有金天、亞莉亞、卡羯……就算我已經遭到退學所以不算，也有半數的人都還是學生。因此在不得已之下……

「金天，謝謝妳。那麼這次就借用妳的力量了。不過妳不需要出手戰鬥，假設就算遇上蕾芬潔上校，妳也要把超能力用來保護自己。跟我約好喔。」

我說著，和金天打勾勾。接著……

「關於這架天山，我想只要雪花開口，諸星董事長就會借給我們了。可以麻煩妳去拜託一下嗎？」

好事不宜遲，我將這份任務交給雪花。結果——

「關於這點就交給本人吧。不過天山就跟奧爾庫斯潛航艇一樣，有個最後的難題必須解決。」

雪花搖搖頭，讓她一頭用紙緞帶紮成一束的黑髮跟著搖曳。

「難題？」

「天山分成十一型與十二型，而照片中這架應該是前期的十一型。正規續航距離是七百九十浬。假設從帝都起飛往擇捉島，就只能飛單程。更何況十一型使用的發動機是故障頻傳導致後來中止生產的護型發動機，再加上機齡已有近七十年，恐怕無法承受利用增加油箱進行長距離巡航的手法。因此就跟剛才神崎中尉提到潛航艇的狀況一樣，需要一艘母艦。」

「……」

並沒有連天山的續航距離與引擎不良等問題都知道得那麼詳細的我，這下真的啞口無言了。如果是奧爾庫斯，只要有起重機可以把它吊到海面上就能行駛。可是像天山那樣的飛機就需要附有起降跑道的母艦——也就是說……

「需要一艘、航母的意思嗎……」

現在的日本沒有航空母艦。雖然有國際上認定為輕航母的直升機搭載型護衛艦「日向」跟「伊勢」，但自衛隊不可能把那種玩意借給我們吧。

擁有戰車和U型潛艇的伊碧麗塔與卡羯似乎也沒誇張到擁有航母的樣子，雙雙露出苦惱的表情。

「呃，亞莉亞，妳有沒有辦法像之前搬運緋緋色金的UFO時一樣，透過妳老爹的人脈之類的去跟英國海軍借個皇家方舟號航母啊……？」

我抱著姑且問問看的想法如此詢問亞莉亞後……

「那艘艦現在到處都有問題，正在修理中啦。聽說預定明年就要退役了。光輝號也正在改裝成直升機航母。皇家海軍的航母現在就只有那兩艘而已。」

這邊也沒轍啊。嗯～……

我用手機上網搜尋著「想搭　航母」之類的關鍵字，同時想到──其實……我姑且還有一個或許可以拜託的管道。

只是用這手段的話不知道雪花會作何感想。因此……

「……今天討論得也夠久了，關於航母的問題我們另外再找時間想，這次就先散會吧。雪花，這是諸星董事長的名片，妳撥這個電話號碼去拜託他把天山借給我們。」

「嗯。」

「時間也很晚了，金天如果要回去台場就差不多該走囉。」

我說著，讓雪花去打電話……並且假裝要把乖巧回應一聲「好」然後站起身子的金天送去家門口，兩人一起離開了客房。

就在我們走到途中時，我抓起她的小手──把她帶進一間沒有人的三坪房間中。

在光線昏暗的房內……

「？？？」

金天睜大她圓滾滾的眼睛，抬頭看向我。

接著她「啊！」地露出一臉察覺什麼事情的表情……

「哥、哥哥大人，該不會……」

「──沒錯，我有事情想拜託妳。」

畢竟身為通信軍官的雪花耳朵似乎很靈，所以我把嘴巴湊到金天耳邊竊聲說道。

嗚哇，原來金天連耳朵都這麼小啊，而且從她兩邊綁高的黑色馬尾還飄散出小女孩特有的奶香。真是讓人感到放鬆的療癒系小女孩。

「……嗚……」

金天大概是因為耳朵感受到我的氣息而覺得很癢的緣故，把脖子縮了起來……

咦？她那個看起來像麻糬一樣柔軟的臉頰怎麼越來越紅了？紅到就算在這麼昏暗的房間裡也能看得出來的程度。

然後，她用雙手緊緊抓住連身裙，畏畏縮縮地抬起眼睛看向我……

「哥、哥哥大人想拜託的……請問是像你那本很薄的漫畫書裡畫的、那種事情、嗎……？」

我聽到她在我耳邊悄聲如此回應，當場全身滑倒。

等等，這意思不就是說我們家的聖少女小金天有讀過那本超級教壞小孩子的漫畫了嗎！那東西是未滿十八歲不可以看的喔？

「那漫畫裡的女孩子也跟我差不多年紀，所以……我、我想我也可以辦得到。可是現在其他人還在近處的房間，讓我緊張得腳、腳……腳都在發抖了。」

「不對啦，妳給我忘記那本漫畫的事情！我不是在講那個，是這個啦。」

由於金天的緊張反應，搞得連自己都臉紅起來的我，拿出了手機連上Marine Traffic——利用船舶自動辨識系統的情報顯示世界各國船隻位置的網站，然後將其中一艘船的情報擴大給金天看……

「要是我直接委託那傢伙可能會很麻煩，所以要拜託妳幫忙傳話。」

就這樣，我將我的計畫告訴金天——託付給她了。

請亞莉亞幫忙送金天回台場後……剛好這時回來的爺爺說著「哦，金次你回來啦～還有客人是吧。熱鬧熱鬧，很好很好。」看起來心情很愉快的樣子。話說他酒臭好重啊！這下肯定是去喝過酒吧。畢竟他走在走廊上也全身搖搖晃晃的。

而爺爺所說的熱鬧聲音，是從浴室方向傳來的嬉笑聲。該死的卡羯跟伊碧麗塔，她們打算要留在這裡過夜是吧？明明去池袋找間飯店就好的說。我是不曉得她們對純日式的我們家感到中意還是怎樣啦，但臉皮也未免太厚了。還有，我還是暫時不要接近浴室附近比較好。

我扶著爛醉的爺爺回到客房，看見只剩一個人留在房間的雪花正在打電話。

「——諸星，你不需要對本人那麼畢恭畢敬的。感謝你的協助。不好意思這麼晚打擾你了。」

她似乎剛好跟諸星董事長講完話並掛斷電話了，於是……

「怎麼樣？」

「他說隨時都願意把天山借給我們。但航母該怎麼辦？」

「呃～……我會想辦法。話說回來，天山需要一名駕駛員。雪花妳會操縱嗎？」

我用「既然是海軍軍人應該會吧」的態度如此詢問後……

「本人不會。」

她卻這麼回答了。就在我思考著這下該怎麼辦的時候……

「哦～姊啊，老子今天在富士錦標賭一二馬中獎啦！用兩萬馬券贏了二十萬！錦繡前程四連勝，而且是首次稱霸重賞賽事啊！嗚嘻嘻嘻！」

對於幾乎是發酒瘋狀態的爺爺——我還以為雪花會使出鐵拳制裁，可是……

「你在講賽馬？雖然在戰爭時期暫停舉辦了，不過你從那時候就很喜歡去看非法賽馬呀。」

咦？她今天怎麼好像特別寬容的樣子？

「話說，能贏就是個好兆頭。下次的戰事你也務必要獲勝。你的駕駛機體是天山十一型。你可有過從航空母艦起降的經驗？」

「添珊……？嗝、哦哦，老子當初訓練時可是有從瑞鶴起飛過哩。雖然降落時把攔截索給鉤斷了啦。那玩意的座艙比九七艦攻寬敞，老子並不討厭。單兵遠山鐵，頗挺身擊滅強敵是也！嗚嘻嘻……咕……呼嚕呼嚕……」

爺爺對身穿白色軍服的雪花如此回答，並軟趴趴地擺出海軍式敬禮動作後——手臂就從我肩膀上滑落，全身攤坐到地板上睡著了。

「你聽到了吧。鐵會操作。」

雪花挺起她緊繃到不行的胸膛這麼說道……啊啊～……這下不只小孩子而已，連老人家都被拖上戰場啦。就只有遠山家簡直像回到了戰爭時代一樣。

話雖如此，不過現在真的有本事操縱日本海軍的攻擊機在航母上起降的人也只有老人家而已了，這也是沒辦法的事情。就讓大約七十年沒飛的爺爺再飛一次吧。

我把還不曉得自己真的背負起必須操縱海軍軍機的責任，仍然悠悠哉哉打鼾睡覺的爺爺拖回他房間後……因為還有事情要跟雪花講，於是又走回客房。途中也從走廊轉角處窺探了一下浴室的狀況，看來卡羯她們已經洗完澡的樣子。

由於爆發性疾病的緣故，即使在自己老家也必須像《潛龍諜影》般行動的可憐人金次・史內克，也不忘「好！」地指差確認走廊前方沒有全身只包一條浴巾的德國美女、美少女後，拉開雪花所在的那間客房的紙門。

結果雪花已經不在客房中，而是——

「呀！……遠山先生，你、你還真是一副理所當然就闖進來呢……」

「嗚、嗚喔！你真的每次都會剛好挑在這種時候現身呀，這個色鬼。」

——咿！——

伊碧麗塔・伊士特爾長官大人和卡羯・葛菈塞連隊長閣下……正在換裝中！

因為兩條浴巾都掉在榻榻米上，害我以為她們現在是全裸狀態而差點就站直著身體停止心跳，不過那兩人不曉得為什麼都只穿著武偵高中的制服裙子。換言之，她們都是半裸狀態，所以我的心臟也只有右心房停止跳動了。左心房撐住啊！

身為純粹白人的伊碧麗塔一方面也因為立場上是執行內勤工作較多的緣故——膚色極為白皙，簡直有如珍珠。剛洗完澡的溼潤肌膚給人一種如果和她身體相碰、搞不好會當場被吸附的印象。再加上完美的金色秀髮搭配藍色眼眸，只能說是個充滿魔性的女體。

而這樣一名完美的德國美女，現在就像在玩角色扮演似地穿著武偵高中的制服百褶裙，配上「和室」這樣不相稱的背景，醞釀出猶如遊戲場面般缺乏現實感的氣氛。這樣的遊戲性氣氛會給人一種「現在不管做什麼大膽的行為都ＯＫ喔，反正是非現實嘛」的自由空間感——太爆發了！原來只要加上非現實感，可以讓美女的爆發度進一步提升。這在爆發性保安方面又讓我學到了很重要的一項知識啊。

「你、你稍等一下，我現在就穿上婆婆借給我們的這個……」

忙手忙腳地準備穿上大概是加奈留在老家的札幌武偵高中紅色水手服上衣的伊碧麗塔胸部——裝備有之前雪花在東急百貨買了好幾套的白白、薄薄又細細的內衣。要是她那部分是上空狀態，我現在搞不好連左心房都停止跳動了。真是讓我撿回一命。然而那件胸罩是罩杯上半部剪裁得相當大膽的設計，而且花朵刺繡圖案也給人一種強烈的雌性感覺，非常促進爆發性血流。不過由於我現在右心房停止，因此血流也只加壓一半，讓我在危險邊緣勉強撐住啦……！

「妳、為、麼、穿、東」

心臟停止的時候似乎連話都只能講一半的樣子，結果我這句『妳們為什麼會穿那東西』也變得說一字漏一字。然而對方還是奇蹟似地聽懂我在講什麼，結果……

「因為婆婆說要幫忙洗我們的衣服，就把這些借給我們啦。畢竟原本的衣服穿整整兩天也臭了。我們明天要穿這衣服，所以現在試穿看看合不合身呀。」

把金女留在老家的水手服借來穿的卡羯，用上衣遮著她那對有如未熟蘋果般的胸部並如此說道。

話說這對跟平賀同學、梅露愛特、莎拉・漢、貝瑞塔・貝瑞塔同等級的保守胸部——竟然什麼都沒穿！恐怕是因為她連內衣褲都拿去洗了吧，但這難道表示她下面也什麼都沒穿的意思嗎？畢竟就算把雪花的內衣褲借給她穿也只會當場滑落到地上，所以這是很合理的判斷，可是這危險度簡直是MAX啊！順道一提，我之所以能夠在腦內把目測A罩杯的女生（亞莉亞是偽裝胸部所以除外）一下子就列舉出來，是因為我在偵探科有受過暗記人物身體特徵的訓練，絕對不是因為我從平常就只會盯著人家的那部位看。

啊、啊啊，心臟只有一半在動害得我血流不順暢，兩腳開始發麻了。但是金次，絕對不能倒下，給我繼續站著。要是現在把眼睛位置往下移，讓我從下方看到卡羯那條紅色裙子的內部——爆發化的我搞不好會讓這裡的日德同盟之間結下過度不必要的緊密關係。嗚！我的腳漸漸沒有力氣了……！不妙……！

「話說遠山，你到底是來做什麼？如果你想看就老實說。畢竟我欠你一飯一宿的人情，要、要我給你看一下下也可以啦！」

大概連眼罩都拿去洗而戴著備用的鐵十字徽章眼罩的卡羯，用一點也不符合她個性的羞澀表情講出這種話——給我看是要看什麼啦！我當場嚇得血氣全縮，雙腳終於連感覺都沒了，「砰！」一聲癱坐到地上。

「遠、遠山先生，你是怎麼了？」

「我、臟、有、半、跳」

我這句「我心臟只有一半在跳動。」似乎沒能傳達給對方明白，反而讓身穿水手服的伊碧麗塔變得更擔心我了。至於卡羯那條百褶短裙現在跟坐在地板上的我雙眼幾乎相同高度，讓那雙不像大人般有肉也不像少女般細瘦，粗細剛剛好的大腿有四分之三都被我看到了。

出身自德國南部的卡羯，膚色比起伊碧麗塔稍微較接近日本人，散發出健康的魅力。腿部的全長也沒有像伊碧麗塔那樣誇張得缺乏現實感，貼近現實的感覺看起來好美味。這意思不就是說不管有沒有非現實感都不行嘛。我在腦中為剛才學到的知識加上了這條附註。

「嘿、咻、咻。」

左腳踝包著繃帶的卡羯為了穿上衣，用右腳跳呀跳地把全裸的背部轉向我，結果那動作讓她的裙襬跟著彈呀彈地飄起來。底下的魅惑空間雖然由於角度上與時機上的問題沒被我看到，但至少讓我知道她下面果然沒穿了！

從剛才就拚命抵抗，絕不讓上半身倒下的背脊也逐漸失血，終於還是讓我全身倒了下去。不過我把現在還能動的脖子不要傾向卡羯在的前方而是傾向後方，成功讓上半身仰天倒向走廊的方向了。幹得好啊，脖子！

「該、該不會是死了吧？他剛才好像講說自己心臟只有一半在跳動什麼的。」

原來妳有聽懂啊！

「呃、喂，那樣沒問題嗎？為什麼會現在突然死在這裡啦？」

卡羯！別過來！

「——喝啊！」

手臂勉強還能動的我，「磅磅磅磅！」用拳頭連續捶打自己的胸口進行心臟按摩，總算成功讓右心房復甦了。雖然伊碧麗塔跟卡羯都被突然像隻大猩猩一樣敲打胸口的我嚇得啞口無言——不過我就像把剛才倒下的一連串動作倒轉播放似的站起身子……

「棉被妳們自己鋪！可不要因為沒有床就給我把棉被鋪在矮桌上啊！」

對德國美女、德國美少女雙人組丟下這句話後，我便在走廊上衝刺撤退了。

雖然雪花說過『撤退乃卑鄙小人才做的行為』，但其實撤退也是一種正當的生存戰略。當自身遇上危險時，面對敵人的攻擊自然不用說，面對警察、公務員、學校、公司或恐怖的異性也能夠不顧羞恥選擇逃跑的人，其實是很強的。話說，我剛才其實在拉開紙門的時候立刻逃跑不就好了嗎？雖然那同樣會讓人感覺是很莫名其妙的行為啦。

從亞莉亞開始一直到恩蒂米菈，我在名為「浴室」的魔窟已經不知差點死過多少次，所以本來以為這次自己很巧妙地迴避了危險的說——卻萬萬沒有料到會踩到「在客房換衣服」這種地雷。這世上只要有女人存在，就沒有一處是安全地帶啊。開門，尖叫，搥胸，衝刺。我要把這一連串的動作暗記起來，為重要的心臟努力維持今後的安全才行。

伊碧麗塔白皙的腹部上點綴的美麗肚臍……卡羯膝蓋後側的漂亮凹陷……我用力甩頭揮散這些新鮮的女體恐怖畫面，並且在家中尋找雪花的蹤影。

可是找遍每個房間都看不到她，於是我來到戶外檐廊——感覺到屋頂上有人的氣息。這麼說來，雪花以前也有爬到屋頂上過。或許那裡是她喜歡的地方吧。

我沿著屋簷排水管爬上去，便看到雪花直挺挺地站在主梁上。身穿白色軍裝，朝著幾乎正南方——我猜應該是九段的方向（註3）——在池袋明亮的夜景照耀下，合掌

註3　九段為東京地名，即靖國神社（供奉戰亡軍人）的所在地。

默禱。

就在夜風吹拂中輕輕搖曳的黑色長髮，讓我不禁看得有點入迷的時候……

「金次，有什麼事？」

「……我想跟妳討論一下要讓誰跟誰去。」

我對放下雙手轉頭隔著肩膀詢問我的雪花，用稍微有點嚴肅的態度如此說道。

「卡羯腳踝骨折，伊碧麗塔是沒有戰鬥力的文官，所以那兩人都要在後方待命。我、金天和爺爺畢竟是遠山家的人，所以都有理由加入幫忙妳的戰事。那麼在剛才的出席人員之中，剩下的就只有妳跟亞莉亞了。」

「奧爾庫斯潛航艇兩個人，天山三個人，總共可以讓五個人去，這樣人數不是剛剛好嗎？難道你在考慮要讓什麼人除外嗎？誰？」

「就是妳，雪花。」

我本來以為雪花聽到我這麼說會當場生氣……但她的表情絲毫不變。

「在雪山上我注意到了，妳的爆發模式——也就是返對，現在狀況不良對不對？在那樣的狀態下跟蕾芬潔交手可是很危險的事情。」

我這麼說道後，雪花轉頭環視東京的夜景——

「在所有軍人的付出奠基之下建立起來的現代和平，不能被上校破壞。本人照顧過的士兵之中，想必也有許多是為了保護自己背後的人民們而前往戰場的。就跟那些人一樣，本人同樣必須親赴戰場。」

她只說出自己心中的決意，完全沒有對爆發模式的狀況多說什麼。

既然沒說，表示她果然也有自覺，知道自己沒辦法發揮出原本的力量。

——雪花的爆發模式是靠著「相信自己是男人」而發動的。

然而她對自己的性別認知現在正逐漸變化。從男性變為女性。

造成這個現象的原因我也很清楚。就是我把她按照外觀所見當成女性對待，在這座城市以及那座山上，好幾度對雪花做出自己身為男性的反應——都是我的錯。

因此我本來打算如果雪花有說出任何一句感到不安的發言，就不讓她出擊，然後自己連同她的份多加把勁的。身為一個男人，對於把雪花變成了女人的事情負起責任。

可是……

「更何況，軍令是絕對的。」

雪花如今依舊頑固。

「妳是說『必湮滅所有玲方面相關之證據』……玲一號作戰的這條命令嗎？或許就某個角度來解讀，這命令聽起來很像是要妳把德國那邊獲得的列庫忒亞情報同樣湮滅掉。可是就正常來想，我覺得雪花並沒有必要連那部分都扛起責任喔？」

「不，之前在燕峰閣本人沒說過，其實玲號作戰還有後續——『玲二號作戰』。」

「……玲二號作戰……？」

「這是對同盟國家的諜報工作，因此是機密中的機密，不過本人就告訴你吧。『無論大東亞戰爭之趨勢如何，若德意志軍出現明顯脫序之狀況，即湮滅德意志軍與玲方面相關之所有證據』。這同樣是本人所接到的命令。」

原來日本軍……對於納粹德國獲得列庫忒亞相關情報之後的危險性，本就抱著疑慮了。

雖然基於技術上的困難程度，當初前往的時候是雙方共同合作，然而誰也不曉得在列庫忒亞會發現什麼。萬一納粹德國把什麼不得了的玩意帶回來，而且出現「脫序」狀況——也就是將那玩意利用在對抗敵軍以外的惡質目的上，搞不好會釀成悲劇。

而玲二號作戰，就是為了防範這種事情發生的一種保險。

這條命令的內容聽起來是到了戰爭結束之後也依然要持續。然而以參與玲作戰的有限人力來說，這種事情根本不可能辦到。因此這搞不好只是為了萬一德國在戰後於列庫忒亞相關的事情上鬧出什麼問題的時候，日本在國際上可以有個藉口脫罪而附加的空殼作戰……然而現在納粹德國的殘黨正出現『明顯脫序之狀況』也是事實。

換言之，這是雪花跟日本軍隔了七十年留下的一項功課是吧。

「而且本人和上校的對決也是宿命。」

「宿命？」

「你還記得之前本人在這裡發過高燒的事情吧。那個發燒現象在本人剛抵達玲的時候也發生過。當時玲的魔女說明過——『世界會排斥外來的存在』。世界會透過宿命的力量排除扭曲世界條理的存在。而那個命運的力量很強，且老奸巨猾。這次想必是這個世界寫好了一套宿命的劇本，要讓本人和蕾芬潔交手，互相殘殺吧。」

雪花剛回到這個世界的時候遇上了好幾次不幸的交通意外，也因為發高燒差點送命。根據白雪和玉藻的解釋，那叫「存在劣化症候群」——就像雪花剛才講的，是一種把原本不存在的人抹消掉，以維持時空合理性的自然現象。

然而那也就是說……

「雪花……如果照那套劇本演下去，妳不就會跟蕾芬潔上校同歸於盡了嗎？畢竟以世界的角度來看，那樣是最能恢復平衡的做法。」

雪花會不會就是因為領悟到這點……所以剛剛才會對著那個方向合掌？

告訴那裡的英靈們，自己很快也會加入他們了。

就在我察覺這點的同時，雪花美麗的臉蛋對著我露出柔和的微笑。

彷彿是為了讓我安心。

就好像當年那個時代前往戰場的許多人——在雪花剛才默禱的地方沉眠的人們，過去想必對自己的家人或夥伴露出的表情一樣。

「本人乃軍人。所謂的軍人是要保護人民的存在，而敵人是危害人民的存在。軍人出征前往敵陣時除此之外別無他想，也不可有他想。」

——命運的力量試圖把雪花和蕾芬潔一起消滅掉。

而雪花是在清楚這點之下，打算利用那個命運的力量擊敗蕾芬潔。認為如此一來就算是漸漸失去了爆發模式力量的自己，也能夠和敵人打到同歸於盡的程度。

「金次，你只要把本人送到蕾芬潔的地方，讓我們一對一單挑。如此一來，自然的力量就會讓一切做出了結。」

「雪花……！」

「別露出那種表情。說到底，在這件事情上的公道是大自然有理。本人活在這個時代本身就是一件奇怪的事情。因此本人要順從自然，到夥伴們的地方去。軍人不完成軍務就喪命是不可原諒的事情。如今本人既非意外事故也非因患病平白送命，而是找到了能夠讓自己達成軍務而死的機會，反而應該感到高興才是。」

「……」

「願若櫻樹不留戀，一死以成護國鬼——本人回到這裡的那晚，在景元墓前……便領悟到自己除了玲號作戰以外已經別無所有。本人的時代已經結束，就算死了也沒有為本人傷心的知己。就連鐵都以為本人已經死了啊。哈哈哈。」

看著雪花笑得一臉輕鬆的模樣……我一時講不出話來。

那樣不行啊。

妳想打就去打。

妳想補交過去的功課，想完成玲二號作戰也行。

但是，但是雪花——妳那種思考方式是不行的。

「——不要自己尋死啊！」

活在二十一世紀的我跟活在二十世紀的雪花，彼此的價值觀不同。這種事情我很清楚。

可是，就算價值觀不一樣，不，正因為不一樣，所以我必須告訴她。

身為二十一世紀的人——我要把我的想法、告訴她——！

「或許只有短短幾天的時間，但妳已經在這個時代活過了。既然活過，妳就會有新的責任必須背負。不是對過去的國民，而是對我們的責任！」

「……對你們的責任……？」

「沒錯。如今已經有人會對妳的死感到悲傷了，而且是很多人！爺爺也是，奶奶也是，諸星董事長也是——還有亞莉亞和理子，金天也一樣。或許妳對網路不是很懂所以不曉得，但是透過妳投稿的那些影片，在網路的另一頭也有數不清的粉絲們。妳還記得上次在竹下通見到妳而興奮的那些女高中生吧？那還只是一小部分而已，全日本可是有幾千幾萬的人喜歡妳。要是妳死了，那些人真的都會難過。而且——」

我步步逼近雪花，大聲主張。一口氣說得讓她當場愣住。然後……

「——要是妳死了，我也會難過啊……！」

我附加上自己由衷的想法。

結果……

……啾……！

雪花露出一臉很像女孩子的表情，甚至彷彿可以聽到聲效。

接著……

「你、你你、你這傢伙，反正不管誰死了一定都會難過吧……！」

她紅起臉這麼回應我，而且不知道為什麼忽然變得慌慌張張的樣子。

「沒錯，但如果死的是妳，我就更難過了。」

畢竟這是我真正的心情——所以我老實說了出來。盯著雪花的眼睛，一字一句清清楚楚地。

雪花是我的家人。家人死了誰都會難過。但不只是這樣。不知不覺間，我對雪花開始感受到親戚關係以上的某種感情。是視為一名女性嗎……這樣講好像對，又好像不對。我也不知道究竟是怎麼個不對，總之我感覺她是個**無可取代的對象**。這是我對其他女生從來沒有過的感覺。

而且，『一死以成護國鬼』——雪花，我要否定妳這種思考方式。

否定那種想法是我，不，是現代的日本人都必須盡到的義務。

「犧牲自我，和敵人同歸於盡——那根本是神風吧！那種悲劇今後不會再發生第二次，我們也不會讓它再發生。這就是我們從你們身上學到重要的一課。要是妳現在又重蹈覆轍，你們過去的犧牲才真的叫白費了！」

我左右抓住雪花的上臂，接著說道：

「妳接到命令，而且妳自己無論如何都想要達成那個命令的事情，我現在已經知道了，也不會叫妳不准去。但是……不管奧爾庫斯也好，天山也好，我會跟妳搭同一邊，跟妳一起去。不管對手是蕾芬潔也好，宿命的力量也好，都無所謂——我要保護妳！」

聽到我如此宣告後……

「……！……」

雪花不知為何又「啾啾啾啾」地臉紅起來……變得不講話了。

「……」

「……」

總覺得從近距離看著臉紅的女性，讓我也跟著害羞起來。

於是我放開雪花的手臂……

「還、還有……這也是為了遵守法律。蕾芬潔上校在日本國內犯下殺人未遂的罪行，逮捕罪犯是身為武偵的工作，要是放過這種重大違法事件的事情被抓包，我也會變得無法更新武偵執照啊。」

我如此補充，掩飾自己的害臊。

結果雪花總算又能夠講話……

「也……也好，本人就跟你搭乘同一架機體。但是金次，本人同時也要禁止你一件事情。」

「什麼事情？」

「本人禁止你戰亡。活在這個時代的人，不能因為跟本人或蕾芬潔扯上關係而大幅改變命運到甚至影響性命的程度。如果像本人或蕾芬潔這樣的存在，對他人造成的影響還不到從根本顛覆其人生的地步——世界似乎會透過些微到讓人沒有自覺的變化修正世界的平衡。就像即使把樹枝折彎，樹木本身也不至於枯死一樣。然而要是連樹幹都砍斷，讓樹木消失，樹林的形狀就會改變，也無法保證森林不會因此產生巨大的變化。跟本人關係深切的你要是在這次的戰役中喪命，將難以預料世界會以什麼樣的方式填補空缺。」

……雪花講的內容雖然對我來說很難懂，不過……

「我打從一開始就沒有送命的打算。」

我簡單如此回應。

「無論如何都不死，這同樣也是需要覺悟的事情。舉例來說，萬一被上校逼到走投無路的時候——你就算要丟下本人也必須逃跑活下去。你有這樣的覺悟嗎？」

即使必須丟下身陷危機的夥伴也要逃跑，或許在戰爭中真的有很多這類的狀況吧。

雪花表情嚴肅地向我詢問這點，而我的答案同樣清楚明白：

「我有相反的覺悟。我絕對不會丟下妳，也絕對不會讓妳死。這樣的覺悟我就有。」

聽到我這麼回答……

雪花明明剛才一度恢復原本的態度，可是現在臉蛋又紅得跟日本國旗一樣了。

然後嘴巴開開合合，又變得講不出話來。

「……」

從剛才開始，我實在難以掌握雪花因為我的發言而慌張失措的時機。

明明現在在討論嚴肅的事情，這樣會讓我很傷腦筋啊。

「既、既然這樣……呃、隨你便啦。」

雪花終於只說出這麼一句話後……用力把臉別開，可是她的側臉……看起來很開心的樣子。

雖然我搞不懂雪花的感情變化究竟是怎麼回事，但總之——

這下連我和雪花要一同行動的事情也決定下來了。

事到如今別說是蕾芬潔了，就算對手是宿命的力量，我也要全力反抗，保護雪花。

這是之前雪花發高燒倒下的時候，那隻蠢狐狸（玉藻）也辦到的事情。那麼我肯定也能辦到。

（不過……）

……不安的要素依然存在。

那就是雪花本人依然抱著不惜一死的覺悟。

確實，豁出一切戰鬥的人，攻擊力會有所提升。不惜一死的覺悟，是為了擊敗比自己強大的對手並獲得勝利的最終手段，這樣的思想深深扎根於日本軍人的精神中。

我雖然想說服雪花丟棄那樣的想法，但始終沒有明顯的效果。與蕾芬潔上校再度對戰之前，在這點上我也必須想想辦法才行。

就在我如此沉思的時候——

——嗶嗶嗶嗶嗶嗶嗶嗶——！

宛如什麼哭叫聲的偉士牌二行程引擎聲響，從巢鴨街上的遠方逐漸接近。

接著「嘰嘰嘰！」地在遠山家門前發出尖銳的煞車聲……

「雪花花～～！理子聽亞莉亞說了～～！」

從我們家門前的路上傳來理子真的帶著哭叫的聲音。

這樣的騷動甚至讓在庭院睡覺的黑豹布洛肯跟烏鴉埃德加都被嚇醒，陷入驚慌啦。

理子穿著帶有荷葉邊的制服爬上遠山家的圍牆，入侵到庭院內——找到屋頂上的雪花後……

「雪花花！生誕祭直播要怎麼辦啦～！我都已經公布預告了說～！」

她在GⅢ種的番茄圃上跳呀跳地對雪花如此哭叫。

那傢伙還想利用雪花當 YouTuber 大賺一筆是吧？

現在我們根本不是搞那種事情的時候啊。我本來想抓起屋瓦丟她的，可是……

雪花卻大笑起來……

「——哈哈哈！本人接下來必須去打一仗，不過回來之後就來辦吧。」

她用莫名有點虛假，不過很溫柔的態度如此回應理子了。

2彈　誓言與反抗

後來因為理子一直抗議，吵個不停，我只好給她一筆錢當作是雪花的生誕祭——偶像明星或YouTuber的生日慶祝會似乎是這麼稱呼——的節目用的禮物費用。畢竟遇到武偵固執己見的時候，最有效的解決方式不是槍就是錢嘛。

雪花在戶籍上的生日——十月三十日剛好是對蕾芬潔上校作戰行動的開始預訂日，可是我還被迫口頭答應要在那天寄一段雪花的影片給理子。有夠麻煩。

雖然速度極為緩慢，不過蕾芬潔上校一天又一天地接近著擇捉島……到了十月三十日當天，我、雪花、爺爺、亞莉亞和金天來到了神奈川縣的橫須賀。

橫須賀港是一座巨大的商業港、工業港，同時也是知名的軍港。因為從明治時代開始，大日本帝國海軍就在這裡設置了橫須賀鎮守府，而到現代這裡也是海上自衛隊的自衛艦隊司令部所在地。

「這就是現代的橫須賀啊。哦哦，還鋪設了這麼完備的車道。」

大約七十年前，因為玲一號作戰而從設置於這地方的玲方面特別根據地隊總部消失的雪花——即使看到這裡已經徹底變了模樣的風景，也依然表現得感到懷念的樣子。

雪花要再度從這裡出征。以前是她自己一個人，不過這次是跟我們總共五個人。

卡羯則是為了提升『霧之標記』的精確度，和伊碧麗塔早一步移動到了北海道的知床國立公園。今後她們預定在那地方擔任這次作戰的情報小組。

——整體作戰計畫的內容如下：

・我們利用這次在高度機密下準備好的某樣東西前往擇捉島的近海。

・卡羯負責持續監視蕾芬潔上校的位置，然後根據那個情報，我、雪花、爺爺搭乘天山進入擇捉島海域上空偵查。

・發現上校的船隻後，我和雪花就發動登艦攻擊。

・天山由於引擎老舊，預測長距離的飛行將很困難，因此盡速往北海道退避。

・奧爾庫斯由亞莉亞和金天搭乘。金天利用超能力發現我的位置，也就是蕾芬潔的船隻位置後，進行會合。根據會合時的狀況，亞莉亞也會加入戰鬥。

・戰鬥結束後，各成員及逮捕的敵人利用奧爾庫斯多跑幾趟送往北海道。

……說到底，畢竟我們連上校搭乘的工具究竟是不是船隻都不曉得，因此也無法保證能夠順利按照作戰計畫內容進行。話雖如此，但這是大家經過討論後決定的作戰計畫——雖然我自己這樣講很奇怪，不過這計畫的重點可以說就是要把我這個作弊級單兵盡早送到敵陣之中。

根據在知床岬燈塔附近的森林中與伊碧麗塔一起搭帳篷的卡羯回報，上校將會在兩天後的早上到達擇捉島。而我們最接近擇捉島海域的時間是在那之前的深夜。也就是說，機會當然只有一次了。

「中校閣下！少尉閣下！有幸一同參與作戰，本人備感光榮！」

在會合地點的橫須賀車站前原本彎腰駝背等待著我們的諸星董事長，一見到我們的身影——就立刻挺直背脊，精神抖擻地擺出海軍式的敬禮姿勢。隨行的幾名公司職員都被他嚇傻啦。

「哦，諸星，這次實在麻煩你啦。哎呀，畢竟姊姊回來了，老子早就想到事情可能會變成這樣啦。」

如此嘀咕埋怨的爺爺雖然身上穿著一件帥氣的褐色皮夾克……不過他手上那個手提包中其實塞滿了今早他嚴選的愛讀黃書。畢竟爺爺的返對，也就是爆發模式要利用春水車啊。

總之我們全員集合後，便進入了能夠就近看到港內海上自衛隊的神盾艦以及柴油動力潛艇的維爾尼公園。

接著從那裡——

「這……！這就是當代的航母嗎！遠比加賀、赤城，不……甚至比第一一〇號艦・信濃……比大和型還要大啊……！」

可以看到讓身穿白軍服的雪花都驚訝腳軟的巨大航母左舷側的威容。

「那個排水量是戰艦大和的一點五倍，也就是十萬噸。」

「十、十萬噸……！唔！那航母看不到煙囪，難道是採用赤城式設置於右舷嗎？還是說那是一艘沒有動力，靠拖曳航行的艦艇？」

「不，那玩意有無限的動力。它有兩座核反應爐。」

我針對這艘航母一項一項慢慢告訴雪花，但她仍然「？？？」地即使想理解也無法理解的樣子。接著——她看到甲板上建築物側面飄揚的旗幟，當場僵住了。

因為那是一面星條旗，也就是美利堅合眾國的國旗。

「居……居然連美國的航空母艦都停泊在日本嗎……」

「因為有日美安保條約啊。美國的核動力航母經常會到日本中途停泊。這艘艦的艦名叫卡爾．文森號，暱稱Starship。這次因任務要前往阿留申群島，就讓我們搭便船了。」

畢竟雪花在澀谷光是見到美國人就想開槍，要是事前告訴她這次要借用美軍的力量，可想而知她一定會堅決反對。因此我到了出發當天才把她帶到這裡來，讓她親眼見識核動力航母有多可靠，打算藉此獲得她的贊成……

而目前為止，這項計畫看起來算是成功。雪花並沒有當場掉頭走人，姑且還跟著我們行動。雖然她感覺只是被遠比超無畏級戰艦還要巨大的超巨型航母呈現的魄力給嚇傻，腦袋還來不及整理思緒而已就是了。

我們帶著那樣還沒從驚訝中回神的雪花來到Nagato Gate——美國海軍橫須賀基地的入口之一。

這裡雖然柵欄上布滿刺網，看起來森嚴恐怖，不過入口職員透過電腦查看來賓預定表後，就把我們當賓客般放行了。畢竟橫須賀基地經常會舉辦像是友誼日之類的活動開放一般民眾進場，所以對於外賓入內的事情也很習慣的樣子。我們省略掉行李檢查與金屬探測安檢門的程序，進入基地廣大的腹地……

——這地方感覺已經像是一座美國城鎮了。

車道標有 King Street 或 Howard Street 等等的英文路名，『OFFICERS' CLUB』、『POST OFFICE』、『HOSPITAL』之類的標示看板也都只有英文。住在這裡的美軍士兵們光顧的麥當勞門前的菜單招牌上標示的價格也都是用美金。

我們在意外綠意盎然的基地內走著，便一如我事先用簡訊告知『你們在 Nagato Gate 附近等我們』的指示……

「嘿，老哥。你還是老樣子一臉陰沉啊。」

身穿花枝招展的便服啃著番茄的ＧⅢ、金女、在這片美國風景中顯得一點都不突兀的亞特拉士與柯林斯一夥，以及自從把我們從渥太華送回日本之後似乎就一直纏著ＧⅢ的迷你多龍芝——桃樂西·所羅門，一群人浩浩蕩蕩走了過來。

見到這群包含白人與黑人、散發出強烈美國感的傢伙們靠近……即使去過異世界但也似乎沒去過美國的雪花，頓時變得表情有點僵硬。

「比不上你陰沉啦，ＧⅢ。這次謝謝你幫忙跟美軍交涉。」

「沒啥大不了的。上次在內華達的51區教訓馬許的時候，認識的那位布朗森空軍准將剛好是卡爾·文森號艦長的老哥。我只是打電話講了一聲而已。」

GⅢ用右手臂擺出像是要跟我空中比腕力的動作，於是我也用同樣的動作「啪！」一聲跟他握手後——

「……他是什麼人？看起來似乎是自己人的樣子，可是……」

大概是從長相就看出對方有血緣關係的雪花，用驚訝表情詢問我關於GⅢ的事情。

於是我就趁這機會……

「他叫GⅢ，然後這位是金女。他們是我的弟妹。其實包括金天也一樣，他們基於某些原因，拿的是美國國籍。」

把這件事情也詳細告訴了雪花，結果……

雪花得知自己兩代後的遠山家居然有美國國籍的成員，當場啞口無言了。

「什、什麼……！」

把番茄連蒂一起吃掉的GⅢ用執事安格斯遞給他的手帕擦擦嘴後……

「妳就是雪花啊。金天也有說過，妳確實長得跟老哥有點像。哎呀，總之多多關照啦。等你們回來後，咱們在巢鴨辦場派對吧。」

他說著，對雪花伸出手……雪花則是「哦、哦哦」地伸出有點發抖的手回握。

「哥哥，進去基地之後如果沒有美金會很傷腦筋喔。話說，雪花小姐真的跟哥哥一樣臉蛋好帥氣呢！下次來玩扮哥哥遊戲吧。」

金女借給我幾張美鈔的同時，對雪花拋了個媚眼。所謂「扮哥哥遊戲」我猜應該是指把雪花當成我，玩些什麼古怪扮家家酒的意思，然而雪花根本也沒搞懂就「嗚、嗯？嗯」地對金女點點頭了。

「抱歉啦，我這次因為政治上的理由沒辦法跟你們一起搭上卡爾・文森號。布朗森艦長雖然是共和黨員，可是現在美國被掌握在民主黨政權下。而且中期選舉也快到了，要是這時期我搭上去，搞不好會被抗議說『共和黨讓英雄搭上航母進行宣傳』什麼的。哼！難得有這麼有趣的遊戲可參加的說。」

「你就別嘔氣啦，GⅢ。要我站在一個日本人的立場來說，這次的作戰就像是對侵犯北方領土——也就是對侵犯日本領土的行為進行的警備行動，所以還是讓我們以日本人為中心參戰吧。話雖如此，不過我還是希望你能擔任第二防衛線。畢竟蕾芬潔上校似乎企圖要擴張領土，所以萬一我沒能守住擇捉島，就由你負責阻止她登陸北海道東岸。」

聽到我這麼說，GⅢ稍微沉默之後……

「就算是我也沒辦法承接不可能發生的委託啦。被殺了也不會死的老哥是不可能會輸的。」

他這麼回應的同時，用眼神向我表示：「我知道了。」

就在我不禁露出苦笑，拍一拍GⅢ肩膀的時候……

「——GⅢ先生，看來各位都到齊了。」

一名身穿深藍色軍服的壯漢，帶著數位迷彩服打扮的勤務兵走了過來。

壯漢的制服帽舌上有柏葉裝飾，肩章與袖章都是一顆星配四條線。是能夠擔任航母艦長的階級——上校。制服右胸上別有意味著艦艇指揮官的金色徽章。換言之，這個人就是航母卡爾·文森號的布朗森艦長了。

「嘿，上校。這次不好意思要麻煩你啦。就多多關照一下我老哥吧。」

「既然有幸為英雄貢獻力量，這點小事不算什麼。而且能夠見到活生生的傳說——Sir Magane Tohyama，實在由衷感到光榮。我是沃爾特·布朗森，僅代表卡爾·文森號全體士兵歡迎各位。」

艦長說著，對爺爺敬禮。勤務兵們也都表現出很有禮貌的態度。

「……他說能夠見到遠山大人很光榮，很歡迎我們啦。」

我幫爺爺如此口譯後……

「不用加什麼『大人』啦，老子才沒那麼偉大。」

爺爺雖然露出苦笑，但並不感到討厭的樣子。

以前GⅢ也有說過，別看爺爺這副德行，他在戰爭時可是搞出了只靠一個人的力量就擋下三百名美軍的胡鬧事蹟——結果被美軍認定為『Die Hard（殺不死的士兵）』，有如獲頒了什麼非正式國民榮譽賞一樣。據說美國也因此規定要對爺爺終生進行『特別待遇』的樣子。所以這次艦長大人才會親自出來迎接我們。「搭航母的便船」這種無理取鬧的事情之所以能夠實現，看來是因為有GⅢ的名聲再加上爺爺的存在啊。

我接著……用日文對表情僵硬的雪花小聲說道：

「我們這次就搭卡爾·文森號到擇捉島的近海，然後讓天山從艦上起飛。但因為關於蕾芬潔的事情不能講出去，所以這次是假裝要『拍攝網路投稿用的紀錄片』——內容是第二次世界大戰時的戰機駕駛員駕駛當時的軍機從美國航母起飛。所以妳也要假裝自己是當中的演員。亞莉亞她們也假裝是要從海上拍攝的攝影小組。」

就在這時，勤務兵中的一個人表示：

「那麼請各位登艦吧。不過在那之前，可以先一起拍個紀念照片嗎？這是艦長的私人紀念照，不會公開的。」

或許對於一個共和黨員來說，對於一名美國軍人來說，能夠和GⅢ與爺爺結交人脈是很值得驕傲的事情吧。勤務兵一拿出相機，布朗森艦長就一臉興奮地打理自己的領帶與帽子。

GⅢ一行人、爺爺以及諸星小隊都答應照相的請求並排到艦長左右兩側，我和金天也都排到最角落的位置。雖然身為武偵本來不應該隨便讓人拍到照片，不過也要還艦長一點人情否則不好意思嘛。

可是……雪花卻皺起眉頭後……

「不，本人拒絕。」

拒絕入鏡了。

那態度感覺就是——她不想跟仇敵美國兵和和氣氣拍什麼照片。

我雖然感到有點傷腦筋，不過也只好跟艦長說了「她是一名女演員，契約上規定如果沒有經過經紀公司許可就不能拍照」當成藉口。而畢竟艦長拍照的目的也不是雪花，所以不怎麼在意地說著「噢～那真是不好意思了」而ＯＫ了。

後來……

「關於這次的中期選舉，歐巴馬政權應該會吃上苦頭。」

「聽說下一任總統會由共和黨當選的樣子。搞不好是唐納．川普哩。」

「哈哈哈！那是不可能的吧。」

艦長和ＧⅢ一邊半開玩笑地談論著政治話題，一邊感情融洽地離開了。

曾經是通信軍官而似乎聽得懂英文的雪花則是盯著他們的背影離去。

那眼神看起來儼然是戰爭時在敵軍海將面前絕不聽漏任何情報的武官。

在諸星董事長的指揮下完成維修，由諸星汽車公司進行拆解裝上貨車運來的天山，現在正利用甲板起重機搬上卡爾．文森號的飛機用升降梯。在升降梯的艙口處也可以看到早我們一步登艦的爺爺跟諸星小隊，把送上去的天山搬進艦內的機庫。

到今天出港日的早上之前，亞莉亞委託武藤剛氣、貴希兄妹修補的奧爾庫斯潛航，艇也由車輛科的鹿取一美用拖曳卡車搬來了。

在卡爾．文森號那看起來有如一道高牆的船側邊——亞莉亞從鹿取駕駛的卡車下到岸邊，於是我、雪花和金天上前迎接。

「亞莉亞，奧爾庫斯的狀況如何？」

「因為沒辦法拿到正規零件，只能勉強湊合著用的感覺。到了艦上我會透過武藤兄妹的電郵指示繼續維修，也會讓機庫的維修兵一起幫忙。反正美軍應該也對奧爾庫斯很有興趣，就當成是讓他們看內部構造的交換條件。」

看來奧爾庫斯的狀況並不算很好，但依然是這次的作戰中少數能夠使用的珍貴移動工具。

於是用起重機把藍布包覆的奧爾庫斯小心翼翼搬進艦內後……

終於輪到我們也要登上航母卡爾·文森號了。

據說經常搭乘英國航母的亞莉亞，一方面也為了加緊趕工奧爾庫斯的追加維修工作——拉著金天的手走上又長又寬的登艦板，快快登艦了。

我也隨後來到登艦板的一端……

「走吧，雪花。」

對站在登艦板前裹足不前的雪花招招手。可是……

「本人不想上去。」

雪花卻左右搖晃戴著白色軍帽的頭。

果然……她對於乘坐美軍的艦艇還是會感到抵抗嗎？

「瞞著妳沒講是我不對，但是如今也騎虎難下了。氣力無缺否。妳就靠一股氣撐過去吧。」

聽到我這麼說，雪花雖然露出猶豫的表情……可是又緊緊閉起眼睛，再度搖頭。

「……不行。無論如何——本人都不想要藉助於美軍的力量……！」

事已至此卻還講這種話……恐怕就像是一種過敏排斥反應吧。

她即使腦袋知道現在的美國是同盟國家，而且這次的作戰必須藉助於他們的力量才行，但依然無法揮散心理上的厭惡感。畢竟她是在戰爭時期受過洗腦教育認為美軍是惡魔，而且自己也親身背負著國家命運參加過戰爭的人。即使那場戰爭對我們來說已經是將近七十年前的事情，但對於雪花來說還只是短短一年前的事情。

「……」

雪花再度抬頭仰望卡爾・文森號，眼神中流露出對美國根深柢固的不信任與恐懼心。

雖然強迫她登艦感覺有點於心不忍，可是現在也只能那麼做了。

於是我從登艦板上逼近雪花。

「現在不是讓妳講那種話的狀況了吧？我們沒辦法另外準備其他航母啊。」

「可、可是……」

雪花就像個怯懦女子般低下頭，抬起眼珠看向我。

「我們上艦。昨日的敵人是今日的朋友啦。」

我接著強硬抓起雪花縮在自己胸前戴著白手套的右手，用力一拉，把她拉上了登艦板。

「哇啊！」

本來還擔心她會不會當場逃跑的，可是被我拉著手的她——忽然變得滿臉通紅，用彷彿腳軟無力的步伐走了過來。那模樣看起來就像是把對於美軍的恐懼心一瞬間遺忘似的，紅著臉看著自己被我抓住的手。

然後……

（……咦……？）

我還以為可能會更花時間的，可是雪花卻乖乖被我拉著手穿過了登艦板。雖然那畏畏縮縮的樣子簡直有如要坐上什麼鬼船一樣就是了。這樣真不像妳啊，雪花。我以前別說是鬼船了，甚至有上過鬼島喔？

——美軍航母由於飛行甲板往外突出很多，因此登艦板的長度也足足有二十公尺。過了登艦板後，就是卡爾·文森號的內部了。由於艦身完全不會搖晃，所以感覺比起登上艦艇，還比較像是進入了一棟巨大的活動中心。

以前搭英國海軍航母皇家方舟號搬運緋緋色金ＵＦＯ以來，我個人是第二次搭乘航母。雖然當時我因為跟緋緋神交手的後遺症搞得精神不濟，所以沒留下什麼回憶就是了。

卡爾·文森號如果除掉甲板上的艦島不算，以飛行甲板為屋頂總共分為八層。最下層是核反應爐所在的機械室，往上依序為第四、第三、第二甲板，接著再上面是機庫——也就是主甲板。然後主甲板以上不知道為什麼樓層算法就倒過來變成01、02、03甲板，最上層的03甲板是廣大的居住區。

我照著事先拿到的平面圖ＰＤＦ檔，走在天花板都是管路與電線、有如迷宮一樣的艦內。路上即使碰到士兵或航空員也都沒有遭到懷疑。畢竟卡爾・文森號上本來就搭乘有各式各樣人種、年齡與性別的人員，總數約五千六百人——幾乎相當於台場的人口，其中也包括像是把名牌掛在胸前的洛克希德・馬丁公司、空調與電梯維修的聯合技術公司、電子儀器的漢威聯合國際公司等等民間企業的大量員工。

在搭乘人員用電梯到03甲板的途中，我瞥眼瞄了一下……

雪花軍帽底下的額頭滲出汗水，表情依然緊張得像是潛入敵艦。

而且她的手作勢要把掛在腰間的十四年式手槍的保險裝置解開，因此——

「喂，雪花，妳也差不多該明白了吧。這裡是自己人的船上。我們可是要受人關照，不要給我碰那個危險的東西。」

我如此罵了她一下後，她就一臉沮喪地從槍上把手放開了。在這艘巨大的卡爾・文森號中，她的態度變得非常怯懦。

「下次再讓我看到妳那種動作，我就沒收妳的槍。」

「……嗚、嗚嗚，知道了。」

就在這時，電梯抵達03甲板，電梯門打開後——雪花趕緊躲到身後。

她果然……在害怕啊。美國是他們過去曾經交手而沒能贏過的對手，現在自己卻進入了那個對手的陣地之中。

後來雪花依然幾乎不講話，把全身的注意力都放在警戒心與敵對意識上。

她這樣沒問題嗎？要是一路持續那樣的緊繃狀態到擇捉島海域——航程需要兩天

的時間，她搞不好還沒跟敵人交手，自己就先精神疲憊了。看來我首先必須想想法子讓她鎮定下來才行。

核動力航母能夠將足以毀滅一整座都市的軍事力量跨海運送到任何地方——把刀抵到任何國家的喉頭上。堪稱可動的航空基地。

也因此那艦身非常巨大，以飛行甲板為屋頂的03甲板面積之大，讓人聯想到羽田機場或成田機場的航廈，或是新宿、澀谷的地下街。幾千名艦上人員與關係人居住的這個地方除了像飯店一樣的居住區自是不用說，還有從手術房到牙醫師都有的醫院區、像警察局一樣的警衛隊待命室、能夠瞭望大海的健身房、有專業理容師的理髮店、郵局，雖然作戰中會禁止使用，不過甚至還有網咖。最讓我驚訝的是連教會都有。

以自助餐形式無時無刻提供餐點的大型餐廳不只一間，另外也有多間更有格調的士官餐廳。Ships store——小賣店也不只一兩間。在03甲板的中央、艦艏側與艦尾側都有販賣點心零食、飲料、日用雜貨等商品的三間便利商店。稍隔一點距離還有衣服店……雖然賣的都是襯衣和制服而已。另外還有陳列著雜誌的書店、電腦零件店甚至販賣紀念帽和鑰匙圈的紀念品店。

「……到這地步簡直就像一座城市在海上移動了嘛。」

「嗚、嗯，構造和帝國海軍的航空母艦完全不一樣……」

在對紀念品店不禁露出苦笑的我身邊，雪花也對這個03甲板的樣子驚訝地瞪大了眼睛。

我本來是為了放鬆她的緊張情緒，想帶她一起逛逛比較有日常生活感的地方……但好像反而讓她感受到美國深不可測的國力以及因此醞釀出的從容不迫，結果她變得更加緊張了。這方法沒什麼效果的樣子。

正當我傷腦筋地雙手抱胸的時候，手機忽然接到亞莉亞打來的電話——嗚哇，居然是國際電話。卡爾·文森號上甚至連手機基地臺都有啊。

『你在哪裡？』

「03甲板的紀念品店。哦，這裡還有賣卡爾·文森號的塑膠模型。要不要買一組呢？」

『不要一上艦就悠悠哉哉逛什麼紀念品，給我幫些什麼忙呀！諸星小隊的人都已經在組裝天山了喔！你現在馬上給我到主甲板的 Hangar bay 來！』

……亞莉亞雖然氣呼呼的，可是就算叫我幫忙，我也沒有機械方面的技術啊。搞不好反而只會礙手礙腳而已……可是如果不去，等一下應該會被罵得更慘，總之就去一下表示人有到吧。

卡爾·文森號的主甲板是把01、02甲板的天花板都貫通挑高的巨大機庫，在那裡不只飛機的拖曳車而已，還有發電車、消防車、起重車等等車輛來來去去。這些車輛同時也兼作兵員的移動用車輛。畢竟這地方實在太大，移動時如果不用車輛會很花時間的樣子。

確實，這裡是比以前理子煩得要命拿給我看的 Comike 會場——東京 Big Sight 還要大的巨大空間。然而那個維修區—— Hangar bay 陳列的並不是有如和平化身的漫畫書或 Cosplay 玩家，而是……

「好、好厲害……」

「……！……」

讓我和雪花都當場說不出話的景象中，有戰鬥機F／A－18E超級大黃蜂、電子作戰機EA－18G咆哮者、搭載圓盤型雷達罩的早期空中預警機E－2C鷹眼以及偵查直升機SH－60B海鷹等等機體。然後在那些灰色的機體間則有中級維修部門的維修人員與軍事企業的技術人員們忙碌地來來去去。

我和雪花為了不要妨礙到那些人，在充滿機油與橡膠氣味的維修區中移動到角落時——

「呵呵，妳真的是個乖孩子，難以相信居然是金次的妹妹呢。」

我聽到亞莉亞稱讚金天並間接講我壞話的娃娃聲，於是轉頭一看，發現奧爾庫斯被放置在主翼折疊起來的運輸機C－2灰狗後面，而亞莉亞和金天就站在那前面。亞莉亞畢竟是同盟國家英國的真實貴族，因此有美軍的女性士官在幫忙她維修的樣子。甚至還受到特別待遇，招待了桃饅跟烏龍茶呢。

這次換成我躲在雪花背後避開亞莉亞，移動到維修區更裡面、爺爺和諸星小隊所在的地方。結果那裡竟然聚集著一群卡爾・文森號的艦上人員，不只維修員而已，還有航空人員甚至士官們。

（嗚哇，難道爺爺已經闖了什麼禍嗎……？）

我戰戰兢兢地上前一看，發現士兵們圍繞觀看的是——

——天山。

現身於卡爾・文森號機庫中的大日本帝國海軍艦上攻擊機。

雖然因為搬運的關係，拆解的零件還在重新組裝中，不過天山在外型上已經呈現出從前凜然的姿態。我也是第一次親眼看到實際機體，從那外觀可以感受到現代軍機已經不存在的古早精神。

在美軍士兵們的注目之下，正在維修天山的諸星小隊成員們顯得有點害羞。而在形狀有些上翹、露出底下灰色部分的主翼旁邊則是……

「天山乃九七式艦攻的後繼機種，馬力為兩倍，時速可是提升了一百公里之快喔！」

一名似乎是軍武愛好家的白人維修兵興奮地發表著自己知道的知識，而其他美軍士兵們也很有興趣地聽著他解說。

身穿日本海軍軍服的雪花畏畏縮縮地看著那樣的情景——結果一名把耳罩掛在脖子的黑人女性士兵發現她的身影，當場「哦——！」地發出歡呼。

接著對方很友善地推著雪花的背，面帶笑容將她帶到天山前面。我一時還擔心現在依然對美國抱有敵意的雪花會不會慌張失措到出拳毆打美國士兵，不過……

「嘿，聽說──妳其實並不是普通的女演員是吧？」

「我聽說是在日本軍的冷凍設施中被人工冬眠的真正日本軍人喔？」

「也就是說那身軍服也是真貨嗎！妳有親眼看過天山在實際戰場上飛行的樣子嗎？」

「啊哈！怎麼可能有那種事嘛。他們只是以那樣的背景設定來拍攝節目影片啦。」

大家說著從我↓金天↓GⅢ↓布朗森艦長↓士兵們的傳話過程中，似乎混雜了奇怪揣測的內容，用閃閃發亮的眼神圍繞雪花。

「……呃不、本人是、那個……」

被白人、黑人、西班牙裔、亞裔的美國士兵們一句接一句提問的雪花，緊張地用英文表現得支支吾吾。而且因為美國的雇用機會均等法比日本還要嚴格，所以無論維修兵或航空人員中都有相當比例是女性的事情，也讓她感到很驚訝的樣子。

相對地，對於來自各種祖先的人們一起工作的事情很習以為常的美國人，則是對雪花也表現出一視同仁的友善態度。感覺得出來，身為軍人或在軍隊工作的這些人，對於日本軍機與日本軍人同樣都抱有敬意的樣子。

因此，雪花也沒有做出反抗的行為──

「因為機庫必須換氣，所以暖氣沒什麼效果。請喝咖啡吧。」

她把一名維修人員從電熱壺倒進塑膠杯遞給她的熱飲接到手中，一臉茫然地看著那群面帶笑容圍繞自己的人們。

從小被教育說是魔鬼畜生的美國人，實際上居然是這樣普通的人們，而且如此開朗又親切——雪花的表情看起來對於這樣的事實，感到內心飽受衝擊的樣子。

她接著坐到大家為她準備的折疊椅上……

「感、感謝招待。本人雖然沒有親眼見過天山參與實際戰鬥的模樣，不過曾經有在中島飛機的宇都宮機場參觀過它的試飛。」

回應大家的請求，用流暢的英文講述起來。

「那時候天山還叫作一四試艦攻，擁有優異的速度表現，防彈性高，改修也容易，對於帝國海軍嚴苛的要求內容都大致達成而備受期待。然而在那次的試飛中卻發現了一項大問題。由於引擎設計得太過強力，結果要起飛的時候機體卻在跑道上朝著引擎旋轉方向的左方跑過去了。這讓當時的海軍中將山本五十六閣下也忍不住苦笑。後來這個問題透過變更設計獲得了解決——」

穿插些許的幽默感，對於大家詢問關於天山的問題也能適時回答的雪花……態度上看得出來，剛才的恐懼心與敵對心已經逐漸稀薄了。

——只要國家之間有國界分隔，人就容易產生「哪國人好、哪國人壞」的思考方式。

然而實際去過許多國家的我知道，那樣的思考方式是不對的。

至於為什麼人會容易產生那樣的錯誤，理由很簡單。就是因為跟外國人接觸的經驗和機會太少了。而且雪花那個時代的日本人幾乎都是一輩子沒有出過國，想必更容易產生那樣的誤解。

無論哪個國家都會有好人也有壞人，這跟日本國內是一樣的。『那個國家的人全部都是壞人』之類的思考方式，才真的是可能導致戰爭的危險錯誤。這點同樣是我們從那個時代的日本學到的寶貴教訓之一。

雪花雖然晚了七十年左右，不過此刻在這座機庫中也學到了這一課。就好像她在竹下通學到現代的日本人有現代的幸福與笑臉一樣。

巨艦卡爾・文森號從橫須賀出港，經由相模灣航向太平洋。由於艦身完全不搖晃，讓人沒什麼感覺，不過只要來到飛行甲板邊緣的外側通道就不一樣了。站在這塊艦艇就役當時裝有的禮炮被撤除後，單純變成一塊陽臺的舷側凸起處——就能看到眼前一整片碧藍的大海。

由於這裡腳下是格子狀的鐵板，因此也能看到下方被航母濺起的水花在太陽照耀下閃閃發亮的景象。這地方距離海面有四十公尺高，讓人感覺彷彿飛行在一片發光的大海上。

正當我在海風吹拂中呼吸著戶外的新鮮空氣時……

在我身邊眺望著大海的雪花露出陷入沉思的表情，接著像是要對什麼對象表示敬意似地摘下了軍帽，於是……

「妳怎麼啦？」

我如此詢問後，雪花任由自己的黑色長髮隨海風飄盪……

「美國的軍隊原來是如此一群親切友善的好人啊。」

她用一臉彷彿原本附身的邪魔都退散似的表情這麼回應我。

「說來丟臉，其實本人今天是第一次和美國人交談。從小學校就教育說美鬼都是野獸，而本人也一直堅信如此……但現在才知道，那完全是虛假的。」

「聽說當時同盟國也都用日本人或德國人是魔鬼之類的政治宣傳欺騙自己的國民。一旦戰爭爆發，無論哪個國家都會為了讓國民願意協助戰爭而進行那樣的洗腦教育。但其實如果沒有因為戰爭分成敵我——哪個國家的誰與哪個國家的誰之間，都只是單純的人與人關係。可以正常講話，可以互相合作，也可以一起歡笑。我想這點就算是跟列庫忒亞人之間也是一樣吧。」

「……說得也是。」

雪花小聲呢喃，再度望向海面。望向這片平等連結眾多國家的遼闊大海。

「他們的祖先或許射殺過日本軍人，而本人也可能在軍中協助過將他們的祖先葬身大海的行動。但是，正因為如此……在如今這個時代，本人更加強烈地感受到，能夠不用和他們互相廝殺，是非常、非常好的一件事情。」

「……」

「今天，本人重新體認到和平的重要性。絕不能讓戰爭再度發生——也絕不能讓蕾芬潔再度引起戰爭。」

雪花重新抱著這樣的感想，將白色的日本海軍帽戴回頭上。

然後凜然地、嚴肅地望向蕾芬潔上校所在的北方。雖然像彈藥庫之類的場所是禁止進入，不過我們基本上獲准能夠在卡爾・文森號中自由行動。於是後來恢復精神的雪花便到艦內各處參觀，「那是什麼？」「這是什麼？」地不斷提問，因此我也盡自己所能地向她說明了關於對空飛彈（RIM-116）、機炮（CIWS）與衛星天線之類的知識。真是做夢都沒想到在武偵高中學過的這些知識居然會有派上用場的一天啊。

而雪花對於我的說明也總是會「嗯嗯」「原來如此」「好厲害！」地做出良好反應，讓我心情很不錯。

然而——到了傍晚……

清掃人員寄來一封聯絡郵件，讓我那樣的好心情當場凍結了。

我們在艦上是分成我&雪花的強襲小組、爺爺&諸星小隊的天山小組以及亞莉亞&金天的奧爾庫斯小組一起行動，而交給卡爾・文森號方面的名單，也是將各個小組當成是各自獨立的攝影小組。結果……我收到『房間清掃完成，可以進房了』的聯絡郵件中分配給我和雪花的，竟是同一個房間。大概因為兩人姓氏相同而被認為是家人——實際上也沒錯啦——所以卡爾・文森號的辦事人員沒多想什麼就讓我們住同房了。

居然要跟這麼漂亮的親戚大姊姊同住一個屋頂下……正確來講，應該是一個飛行

甲板下，在同一個房間過夜。這種事情光想起來就會讓爆發艦載機全數緊急起飛啦。

但畢竟我們是被當成來賓對待，聽說分配到的是軍官用的房間，所以搞不好其實房間大得有完善的隔間喔。我心中抱著這樣一絲的希望，用發抖的雙腳走在地板畫有飛行隊標誌的03甲板艦內通道中。身旁帶著明明遇到這樣的緊急狀況卻不知道為什麼一點也不慌張，表情一臉鎮定的雪花。

「……」

我戰戰兢兢地打開有如商務旅館般的房門，探頭窺視軍官用的雙人房……雖然房間面積還算大，但也頂多就是真的像商務旅館雙人房一樣的空間。根本不用奢望中間有什麼能夠隔成兩個房間的隔板。

在兵員募集上吃盡苦頭的美國海軍，對於艦艇內的居住環境也下過一番功夫。灰色的地毯非常乾淨，螢光燈也很明亮。雖然以戰鬥用艦艇來說會讓人不禁懷疑防禦方面有沒有問題，不過牆上也有裝窗戶。另外還有可以觀看衛星節目的電視機、放有罐裝可樂的冰箱、小型的桌子以及……兩張可以用簾幕遮蔽成私人空間的小型雙人床──

──這很糟糕啊！萬一發生了我跟雪花進入同一邊的睡床空間並拉上簾幕、兩人關在裡面的狀況，我絕對會爆發的。雖然據說日本海軍很擅長夜戰，但我光是太陽下山後跟女性擦肩而過都會怕得要死啊。這下必須戰略性轉進才行。

「呃～我去跟艦上人員問問看，能不能幫我們分配到不同房間吧。」

我因為害羞而沒有多講什麼，轉身準備走出房門的時候——一扯。

戴著白手套的手抓住了我的脖子。

「不需要。這是個矯正你生活態度的好機會。」

把我拖向房間中央的雪花怎麼好像……莫名開心的樣子？為什麼？

難道因為她即使加深了對美國人的理解，還是覺得能夠和身為日本人的我同房比較放心嗎？

但我可不願意喔。要是讓我一整個晚上在密室中近距離看著這種大胸部又翹屁股的女性身體，根本難以預料爆發金會搞出什麼事情。

「就算是巨大航空母艦，空間依然有限。海軍精神就是應該從平日注意讓個人占有的空間縮到最小。即使有其他空房間也不該奢侈。」

「我並不是什麼海軍軍人啊……」

然而就算在航母中上演鬼抓人，我也沒地方可逃。就算我躲到什麼地方，似乎一心想要對我進行生活指導的雪花也會到處找我吧。而且手上還握著槍。畢竟航母的牆壁和天花板大部分都是鋼鐵，到時候可是會跳彈滿天飛的。為了不要對卡爾·文森號上的各位恩將仇報……我只能保持最高限度的警戒，在這裡過夜了嗎……

就這樣，心中感到不滿的我——脫下外套丟到床上……

「不注意整理清潔！」

一下子就被雪花罵了。而且雪花似乎對於我表現出不想跟她同房的態度也感到不太高興的樣子，結果生氣得雙手抱胸，把那對大胸部都擠到中央。

「房間裡難得有衣櫥，就把外套好好收進去。真是沒規沒矩。」

「好啦好啦。」

我只好乖乖遵照指示，把外套掛到衣櫥裡的衣架上。就在這時候……嘰嘰……電鈴響起。似乎有人來了。

「Ｈｅｌｌｏ？」

我打開門一看──

「兩位的包裹來了～」

一名年輕的士兵從裝載各種包裹的推車上拿出一個塑膠袋與一個布包遞給我。由於這趟航路前後總共要過兩夜，所以我和雪花都有事先將各自的換穿衣物與日用品打包起來寄到橫須賀基地。

「還有這個也是寄給金次・遠山先生的。」

「嗯？我自己應該只有寄一袋啊……」

我拿起送貨員交給我的另一個神祕小包裹一看，上面標明的收貨人確實是我沒錯。裡面裝的東西很柔軟，似乎是布料的樣子。

包裹上寫的寄件人是亞莉亞，於是我打電話一問……

『那個包裹是放在奧爾庫斯上一起帶過來的。理子今天早上把那東西拿給我，要我轉交給你。她說那是用你的錢買的，要在雪花的生日影片上使用的小道具什麼的。話說雪花的生日應該是今天吧？要是你不快點把影片寄給理子，她等一下又會囉囉嗦嗦的喔。我這邊還在維修奧爾庫斯，所以攝影的事情你去負責吧。』

這麼說來，之前確實有跟理子約好要寄影片給她啊。我都忘了。

……雖然我不曉得她買了什麼玩意，但這搞不好來得正是時候呢。或許可以藉這東西讓不知道為什麼不太高興的雪花稍微消消氣喔。

「喂，雪花。」

「什麼？」

「照日期來算，今天是妳的生日吧？雖然不曉得究竟該算幾歲，不過以生存時間來想應該是二十歲。所以說，這裡有個禮物要送給妳。」

「——！」

雪花聽到有禮物的反應……哦？不算壞喔。

從一開始的驚訝，轉為似乎在克制自己興奮的表情。

至今為止——像是給亞莉亞的指環、給白雪的花束、給理子的印章等等，我只要送生日禮物給女生，她們每個人都會又是摔進噴水池又是昏過去的，做出莫名其妙的反應。不過在我腦中最有可能性的假說是，那是因為我缺乏挑選適當禮物給女生的品味，才導致她們產生那種反應的。然而這次的禮物不是由我挑選，是理子選的。肯定不會讓雪花產生奇怪的反應，而能夠順利取悅她吧。

「你、你要送禮物給本人、嗎？」

「幹麼那樣緊張啦？是我跟理子合送的啦，而且也要用在拍片上。」

「這、這樣……如果送的東西好，本人也不是不會高興就是了。」

雪花說著，把我交給她的包裹放到桌上，小心翼翼地打開後……

「這是……！」

她當場瞪大眼睛，我則是不禁苦笑。在這種事情上，理子果然就是有一套。

因為包裹裡裝的東西，是以前雪花在原宿的一間叫 Silky Ange 的店門前一臉想穿地盯著瞧，可是卻害羞得連試穿都沒試穿的那套女僕裝。

現今的女僕裝也有分成各式各樣的類型，而這套女僕裝的特徵是水手服衣領與超級迷你裙，很有現代風格。由於是對「可愛」文化爐火純青的日本人設計師精心設計，讓那樣充滿美少女動畫、美少女遊戲感覺的造型很自然地化為現實中的衣服。

雖然跟麗莎的女僕裝有點像，不過這套女僕裝的水手服衣領更明顯。因為被設計成耀眼的白色，存在感不輸給綁在胸口上方的紅色大蝴蝶結。或許也是這點讓雪花在竹下通的時候看上這套衣服的吧。畢竟所謂的水手服衣領，原本是海軍士兵軍服上的一部分。

如果單看連身裙的部分，看起來也很像一件黑底配白領的長袖水手服，使用的質地是像韻律服一樣帶有光澤與伸縮性的布料。連接上半身部分與裙子部分的腰際縫合線比較低，從正面看過去是呈現V字型的設計。在身體左右兩側還有束帶。在這件連身裙外面要再套上一條充滿荷葉邊的白色圍裙，不過設計上故意讓全身各處的線條美能夠原封不動地展現出來。極端迷你的裙子部分似乎是以穿上附加的蓬蓬裙——也就是蓬鬆的白色內襯裙，讓裙襬能夠像偶像服裝般展開來為前提的樣子。

緞面材質的圍裙最顯眼的部分，不是完全無視於實用性而裝飾有優美皺褶設計的前裙——而是在泡泡袖上面那對有如小翅膀一樣展開的肩上荷葉邊。和一般的女僕裝比起來稍微大了一點，然而跟前面提到的水手服衣領搭配就顯得恰到好處，毫不突兀地互相映襯。

以上是身為偵探科出身者對這套女僕裝的分析，不過以遠山金次個人來說的印象則是……

（仔細看看，這套衣服也未免太色，又太可愛了吧……！）

以上一語道盡。

像這種讓身材線條展露無遺而且裙子又超短的服裝本來是只受男性喜歡的，然而一旦加上了「可愛」的要素，就很不可思議地連女生也會喜歡。換言之，又色又可愛的這套衣服可說是除了遠山金次以外的全人類都會喜歡的女僕裝。

（要、要是穿上這種玩意，我會很傷腦筋啊……！）

話雖如此，但既然已經送給人的東西，總不能說「因為太色了所以不給」而沒收吧。

再說，美女不管穿上什麼都是美女，反正一樣很爆發。因此這裡還是轉換一下思考方式——藉由送這套女僕裝給雪花，賣她一個人情，以換得同房生活的期間能夠減少被毆打開槍次數的效果。這樣比較划算。

如此做好覺悟的我……重新戰戰兢兢地窺探雪花的樣子。

她保持著把 Silky Ange 的女僕裝拿起來展開的姿勢——滿臉通紅，全身僵直。簡直有如變成了一具蠟像，動也不動。

（……不、不妙，又是莫名其妙的反應了……！）

以前貞德老師曾經說過『女性收到衣服都會開心。這是世界共通的法則』才對，為什麼現在會這樣？不過我以前同樣聽貞德說是法則而送花束給白雪的時候，隔天早上白雪就到我房間來掃射機槍。法則根本扭曲了喔？到底奇怪的是我還是貞德？抑或是世界？

「呃～……妳不喜歡？」

不曉得雪花會如何反應的我帶著緊張感如此詢問。不知道為什麼，連雪花身上都散發出銳利的緊張感。這裡簡直是全太平洋最有緊張感的女僕裝開箱現場了。

「……」

「我覺得……呃～妳、妳穿起來應該會很好看喔。妳之前也很想穿穿看對吧？」

我為了靠送禮討好性情暴躁的中校閣下，如此說服她收下禮物後——

「不、不不不需要！這、這麼不知檢點，把腿都露出來，簡直像咖啡店女服務生穿的衣服，本人怎麼可能會穿！」

雪花依舊滿臉通紅地「啪！」一聲把女僕裝放回桌子上了。但她的手卻還是抓著衣服不放。這樣到底是想要還是不想要啦？

不過，哎呀……既然都講不要了，應該就是不想要吧。

也就是說，靠生日禮物的討好作戰失敗了。那麼這套人見人愛的女僕裝該怎麼辦呢？這玩意跟唐吉訶德商店賣的那種中國製廉價女僕裝不一樣，是從設計到商品檢查都很講究的日本所製造的傑作。價格上當然也很講究。

所以說，雖然對期待影片的理子不太好意思，不過……

「那我拿去網拍賣掉囉。」

我化身為企圖將小道具拿去賣錢中飽私囊的工作人員，把手伸向那套高級女僕裝。反正武偵業界的企業規範有跟沒有一樣嘛。

結果雪花頓時垂下嘴角……

「……」

啪唰！

把女僕裝抱到自己胸前，不讓我拿走。

「……幹麼啦？妳不是不要？」

「不要！本人、是不要沒錯！」

「那為什麼不還給我啦？」

「就算本人不要，呃、那個，這也是來自峰少尉和你、來自人家的好意。不由分說就冷淡拒絕的態度有悖至誠，乃違反海軍精神之行為。故本人身為光榮的帝國軍人，為了以身作則——」

「總之妳到底想講什麼？」

「本人收下了。」

雪花說著，再度把女僕裝舉高，當成盾牌遮住自己的臉……露出臉頰鬆弛而傻里傻氣的笑容。為什麼我會知道？因為那表情映在船室的窗戶上啊。

……總覺得……就跟之前讓她穿水手服的時候一樣，她很意外地一下子就妥協了。或許性情急躁的軍人要變心的時候也很快吧。

看著雪花似乎幸福滿點的笑臉——我頓時回想起以前亞莉亞在夾娃娃機的機臺看到Leopon布偶時的情景。即便是平常不讓鬚眉的勇猛女性——面對可愛的東西還是會陷入一種停止思考的狀態，做出很有女孩味的反應。雖然我不是要學貞德，但這才是所謂的法則吧。

換言之，現在的雪花……透過獲得可愛的東西而感受到喜悅的經驗，往自己本來的性別——女性又接近了一步。

這同時也意味著雪花逐漸失去男性爆發模式能力的樣子。在「擊敗蕾芬潔上校」這項目的上……我們變得不利了。

（——不過……）

即便如此。

我還是不想阻止，也不會阻止雪花漸漸變成一名女性。

她之所以會把自己想成男性，是被過去的戰爭所強迫的。那是不對的事情。

因此如果雪花在現今世界自然生活的過程中逐漸變得像女性，那應該是值得高興的事情。先不談我個人的問題，關於這點上我還是在自己心中清楚表態比較好。

蕾芬潔很強，是我、雪花跟卡羯聯手都沒能打贏的對手。要是雪花的爆發模式力量喪失到甚至沒辦法好好戰鬥的地步，對蕾芬潔的第二次交手就會變成要我自己一個人率先衝鋒陷陣了。這樣勝利的機會相當渺茫，不，應該說根本不可能了。

就算這樣，也沒關係。

如果不把過去的戰爭中錯誤的事情改正過來，那就跟蕾芬潔沒什麼兩樣了。身為活在現代的日本人，絕不能允許那樣的事情。

而且——我遠山金次，是化不可能為可能的男人啊。

後來，雪花稱說是要「檢查」女僕裝而表情陶醉地觀察起衣服各處……

「……唔，圍裙的穿著方式是在背後綁成蝴蝶結。髮箍這塊有如船帆的部分用的布料也跟圍裙一樣，實在華麗。但話說回來，這裙子怎麼會這麼短……如果稍微不小心，可是會變得不成體統啊……嗯？什麼什麼？把這個叫蓬蓬裙的像一團棉花的東西穿在底下，就能防止那樣的事情發生。原來如此，原來如此。」

她自言自語地呢喃，並愉悅地細讀著衣服附加的說明書。總覺得她很中意那套衣服的態度已經表現得越來越明顯了。即使講了一堆表面話卻還是掩飾得不夠徹底，結果一下子就讓真心話寫在臉上的笨拙部分，簡直跟我一模一樣呢。

接著由於雪花莫名對我瞄了一眼又一眼，流露出『你暫時出去一下』的感覺，於是……

「呃～……我稍微去餐廳喝個咖啡好了。畢竟航母可不是想搭就能搭的玩意，難得有這個機會，我也想觀光一下嘛。」

我囉囉嗦嗦講了一大串藉口後，離開房間。明明剛才還叫我不准離開，現在又把我趕出房間。在軍艦中，小士官根本沒有自由意志可言嘛。

順道一提，我因為打算到航母上也要用功念書，所以剛才那份送到航母的包裹中也有松丘館的茶常老師郵寄給我的講義。雖然高認的補考已經結束，但畢竟接下來就要參加東大第一階段測驗之前的淘汰賽，也就是大學入試中心試驗啊。

原本就像是怠惰的化身、堪稱廢材的我之所以能脫胎換骨變得如此有上進心，完全要歸功於望月萌大明神的「幹勁學」。

將老爸搶回日本來，克服對卒，獲得學歷好找到正派的工作等等——即便有這麼多重要動機，「讀書」這種事情在本來的性質上依然是教人很懶得做的。類似的事情還有像對大人們來說的工作、為了維持健康的運動以及對某些人來說尋找結婚對象等等。

這些事情為什麼會麻煩？為什麼讓人提不起幹勁？又該怎麼做才能開始行動，得出結果？關於這些問題，萌老師也有寄電子郵件用有條有理的論據向我說明過。

——人類本來是動物的一種，而對於動物來說最重要的事情是維持生命。而為了維持生命，人體在本能上會將眼前當下的生存視為目的進行運作。管控做事幹勁的是大腦，而大腦同樣是人體的內臟之一，所以設計上會為了生存而運作。

因此，對於當下的生存有益的行動像是進食、睡眠、安全等等事情，會讓大腦得到快感。至於和當下的生存沒有關係的讀書則不會讓大腦感到愉快，就難以提起幹勁。不愉快的行為會形成壓力，而壓力有害健康，因此反而會被認定為對生存無益的行動，進行迴避。人會對於讀書感到麻煩，其實是大腦很自然的反應。

然而和只要能活過今天、明天就姑且ＯＫ的動物不同的是，人類必須面對漫長的人生與嚴峻的社會。如果一直逃避每天讀書或工作的壓力，遲早必須付出代價，陷入每天要承受更大壓力的狀況。經歷過退學與破產，一路跌落谷底的我就是活生生的例子。為了不要陷入這樣的窘境，或者為了從谷底往上爬，今天就先支付相對比較小的壓力代價。日日持之以恆。能夠做到這點的就是狹義的人類，而沒辦法做到的或許就只是動物了。

——我，要成為一個人類！

那麼究竟該怎麼在每天開始用功的時候應付些微的壓力？要怎麼做才能提起那樣的幹勁？萌老師同樣也有傳授給我這些知識。

第一個是她之前就教過我的，將一開始的進度分量減少，藉此降低開始的難度，減少大腦必須應付的壓力。

人類的大腦有個叫伏隔核的部位——被認為是為了走路到遠方，或是持續採收大量樹果而發達的器官，讓人一旦開始一項行為就能一點一滴地長時間持續下去。因此我告訴自己今天的功課只要「背起三個古文的單字」就好。然後一旦真的開始用功，伏隔核就會讓我持續用功下去了。

另一個傳授的訣竅就是，建立一個在開始用功之前的慣例，也就是習慣的力量。大腦具有一種對於已經成為習慣的事情會自然進行的性質，而利用這個性質就可以減低開始做什麼麻煩事情的時候形成的壓力。具體來說，就是要自己建立起一套『做了○○之後就做╳╳』的習慣。例如比爾蓋茲就有自己建立一套『早上起床之後就運動』的慣例，而我則是正在建立一套『喝了咖啡之後就用功讀書』的習慣。

所以說，我到第二士官餐廳的自動販賣機拿了一杯免錢的咖啡……接著就回到房間開始念古文吧。哎呀～我還真是勤奮呢。雖然我忍不住如此稱讚自己，但仔細想想如果我是個勤奮的人，應該打從一開始就不會留級或遭到退學才對。我還是收回這種自我吹噓的想法吧。

我拿著紙杯裝的咖啡在艦內通道走回原路，「喀嚓」一聲打開自己房間的門後——

「……嗚……！」

「——呀……！」

中、中、中校閣下她……把軍帽放在床上，軍刀靠在牆邊——正在換穿那套女僕裝！

原來她把我趕出房間是為了要換衣服啊。可是她後來似乎又對於到底要不要穿猶豫不決好一段時間，結果現在就像算準時機一樣呈現半裸的狀態。拉開女僕裝背後的拉鍊，套過身體與袖子，剛綁完腰側的束帶。

底下還沒有穿蓬蓬裙的超級迷你裙被她高挺的臀部撐起來，因此她緊致結實的腰部下半部以及緊實有肉的大腿全都露了出來。

很適合雪花潔癖個性的純白色內褲，襯托出從軍服的束縛中獲得解放的雙腿美麗線條。由於還沒有套上圍裙的關係，上半身是具有伸縮性的光滑布料緊貼著身體，讓雪花那女性特徵明顯的身材曲線都展露無遺。

這樣衣衫不整的模樣與她平時給人凜然的印象之間的反差極大，恐怕會讓我像之前看到卡羯＆伊碧麗塔的時候一樣心臟半停止啊……！

只不過她明明全身一堆衣服配件都沒穿好……髮箍倒是端端正正地戴在她的頭上。也許對於雪花來說，那是她最想要先戴戴看的玩意吧。她剛才把那女僕髮箍形容是『像船帆一樣』，或許因為海軍是乘船的軍種，所以她不自覺地想要先把船帆撐起來的吧。

多虧那有點滑稽的樣子，讓我的心跳停止現象稍微緩和了。安全過關。裝咖啡的紙杯也有驚無險地沒掉下去。

「……」

「……」

側著身體把頭轉過來的雪花——此刻正感到害羞。

滿臉通紅，表情慌張，而且還趕緊把背部轉向斜後方，遮住因為拉鍊沒拉而露出來的白色胸罩背帶。剛才我打開門時聽到的短促尖叫，也是女性的聲音。以前我在巢鴨的老家發生類似的不幸狀況時，雪花明明身上除了內衣褲之外什麼都沒穿，也完全沒有表現出害羞態度地說。

（果然，她正漸漸恢復成一個女性——）

我腦中浮現和剛才同樣的感想，但這次卻緊急煞車中斷了。因為以前亞莉亞不請自來住進我男生宿舍房間的時候，在浴室的更衣間發生過類似的不幸狀況。當時一絲不掛的亞莉亞對我使出一記跳膝擊，讓我的臉向內凹陷了十公分有。

由於那段顏面凹陷的恐怖記憶重現腦海……

「抱、抱歉，我馬上、那個、再出去、一下……！」

我語無倫次地準備再度離開房間。

然而雪花用手勢對我示意『快把門關上』的同時……

「你、你不用出去！過來幫忙本人整理儀容。」

居然講出了這樣的話。

呃、呃呃……？人家想要快點出去的說……

可是既然中校說不准出去，身為小小士官的我也不得反抗。而且要是再回來的時候又發生「喀嚓、呀！」的不幸狀況重演，對我的心臟也很不好。畢竟卡爾・文森號的店家好像沒有賣救心丸。基於以上的理由，我只能在不得已之下進入房間。然後……

（萬一這時候亞莉亞跑來，又會造成誤會讓我這次換成後腦杓往內凹陷十公分了……）

由於我腦中響起這樣強烈的危機意識，於是用左手把門關上了。結果美國樣式的門「喀嚓」的關門聲特別大，給人一種像是把正在換裝而沒辦法動彈的雪花關進房間的感覺。啊啊啊，連雪花也嚇得抖了一下，用通紅的臉看向我啦。

「……妳、妳說幫忙，是要幫什麼忙……？」

「幫本人把背面的滑楔拉起來，讓絞合鉤扣在一起。」

雪花說著，把剛才明明自己遮起來的柔滑背部又轉朝我的方向。

看來她似乎是要我幫她把背部拉鍊拉起來的樣子，於是我一邊發抖一邊走近……將咖啡放到桌上後，把手伸向全開的拉鍊下方的拉環。

大概是為了讓我比較方便，雪花把手繞到背後，將她的一頭長髮翻過肩膀放到前面。這個動作不但使她像桃子般的秀髮香氣散發出來，也讓她的背部變得除了胸罩背帶之外全部裸露出來，害我的心臟又用力縮了一下。

我盡可能不碰觸到那耀眼的背部肌膚，幫她把拉鍊拉起來後……

「……畢、畢竟是出自好心送的禮物，所以本人才稍微套套看而已。只是穿看看尺寸，你可別誤會了。」

有點囉嗦地如此強調的雪花繼續背朝著我——把肩膀與裙襬都有豪華荷葉邊的純

白色圍裙套到身上，並且把兩側的束帶拉到身後，命令我「綁起來」。於是我幫她綁成了蝴蝶結。嗚嗚，這女僕裝的圍裙……跟上衣和裙子用的是同樣材質的布料，滑滑的光是摸起來手指就好舒服。萬一發生什麼意外讓我摸到包覆雪花本體的部分，絕對會當場爆發出局。這個質料觸感再加上女性身體柔軟的感覺，光想像起來就超爆發的啊。

「本人絕對不是自己主動想穿的喔。嗯……！嗯……！」

對自己穿上女僕裝的事情一句又一句地不斷找藉口、以一個軍人來說實在很不乾脆的雪花——就在這個『嗯！嗯！』的同時，把那對像是韻律服材質的黑色連身裙所包覆的左右雙峰調整了位置。剛才開封時我就有發現，這條圍裙是胸前部分沒有布料的開胸型圍裙，呈現讓女性集中托高的胸部從那個缺口處蹦出而看起來比較雄偉的邪惡構造。我沒有正眼直視到雪花把她那對本來就很雄偉的雙峰自己又揉又擠地調整位置的情景，算是不幸中的大幸，但大幸中的不幸是那景象就映在窗戶上。由於我的身高比雪花稍微高一點，結果就隔著她的髮箍上方讓我看到了窗戶。

我為了不要看到那個映出雪花前側景象的危險窗戶，往後退兩步加上半蹲，壓低自己的眼睛位置，把雪花本人的背部當成遮蔽物。好個臨機應變啊，金次！

結果……

「接著要把這條襯裙穿到裙子底下，是嗎？」

瞄了一下說明書的雪花從桌上拿起蓬蓬裙——「啪沙！」一聲穿了起來。就像穿褲子的時候一樣，把上半身往前彎了下去。

（……咿……！……嗚……！）

臨機應變——卻適得其反——！

一直以來都認為自己是男性的雪花缺乏身為女性的觀念，不知道穿著超級迷你裙這種魔具把上半身往前彎下去，對於站在她背後的我會造成多麼不良的視覺影響。我發誓，自己絕對不是因為期待這樣的事情而擺出這種姿勢——但由於半蹲姿勢讓我的視線往下移，結果就看到了有如花朵般綻開的裙子底下露出光滑耀眼的大腿以及魄力驚人的緊實安產型臀部。剛才還只是映在窗戶上的景象而已，然而現在這可是直接在我眼前啊。

我就像以前在秋葉原車站目擊開槍事件現場的安達米澤麗一樣當場腳軟，差點癱坐下去……不過還是用腰大肌、腰小肌跟髂肌奮力撐住。我絕對不能讓自己的眼睛移到更下面！否則會把雪花的裙底風光看得比現在更清楚啊——！

撐過有如深蹲運動一百下的辛苦磨練，變得像剛誕生的小鹿般雙腳不停發抖的我恢復直立姿勢後……

「穿、穿好了。如何？」

把全套女僕裝都穿到身上的雪花把身體轉過來朝向我，臉上帶著雖然羞澀卻也難掩興奮的表情。

（……好、好可愛……！）

女僕裝可說是終極的裝可愛服裝之一。如果是像理子或亞莉亞那樣的小不點來穿就會像洋娃娃一樣惹人憐愛，很有統一感。相對地，如果是像雪花這種身材高眺又凹凸有致的女性來穿，又會再加上反差感形成的破壞力。麗莎以及亞莉亞老家的雙胞胎女僕——莎楔與恩朵拉就是屬於這個系統，而雪花也可以說是包含在這類型的最新女僕吧。雖然就誕生年份來算，她是壓倒性地最老啦。

基於人種上的理由，雪花穿女僕裝的樣子會比麗莎或莎楔、恩朵拉來得有角色扮演的感覺。而這套本來就是為了角色扮演所設計的 Silky Ange 女僕裝便非常適合她，穿起來非常好看，簡直像是為她量身訂做的一樣。

就在我如此啞口無言的時候……

「如何？」

雪花又再問了一次，並且擺出扠腰挺胸的姿勢。

雖然那站姿依然很男性化，但那動作讓雄偉雙峰彷彿蹦出來似的立體感強烈刺激我的雙眼。而實際上——也確實只有那對被黑色的化纖材質上衣包覆的胸部從圍裙形成的框框中蹦出來，仔細觀察就會發現衣服的剪裁上，本來就設計成那部分會緊貼胸部線條形成兩個像袋子一樣的形狀。根據理子灌輸給我的知識，這是角色扮演玩家們很喜歡利用的設計，我記得好像叫『乳袋』之類的。現在親眼見識，讓我深切體會到那是多麼邪惡的袋子。這種玩意居然可以通用的角色扮演業界究竟是怎麼回事？難道是痴女的世界嗎？

「本人在問你，如何啊？」

「乳、乳袋（Chichi bukuro）……啊！呃、秩父黑谷（Chichibu Kuroya）出產的自然銅礦是和同開珎貨幣的原料。」

「為什麼現在要提到秩父？」

眼睛只注意到乳袋的我不小心把眼前所見景象直接脫口而出，但趕緊又活用從課本得到的知識巧妙地含糊帶過。然而雪花還是一臉懷疑地皺起眉間，因此我把講出來可能被她罵的詞彙都趕出腦海、趕出腦海……

「呃、不、很可愛啊。很適合妳。」

結果我腦中就只剩下「很可愛」跟「很適合」這樣的形容詞了。

話說，這兩個詞都跟以前在無人島上，尼莫強迫我稱讚她外觀時我想到的詞彙一樣嘛。我用來稱讚女性的詞庫從那時候以來一點都沒有進步。

雪花聽完我的回應，臉上依然保持著凜然的表情。

糟糕，果然我的感想太膚淺了嗎——？正當我這麼想的時候……

「很、很好。」

雪花這麼說著……臉頰肌肉抽搐，像是在忍耐什麼表情的樣子。然而她大概是忍不下去，接著又「嘩！」地綻放笑容——但或許是不想讓我看到，所以發揮海軍鍛鍊出來的敏捷動作快速轉身。

結果那個轉身動作造成的強大離心力——讓本來就短得嚇人，現在又被蓬蓬裙高高撐起的黑色女僕裙「唰」的一聲……！

（……要看到……！）

天生患有爆發疾病的我實在不能原諒「裙子」這種東西，居然會流通在一般市面上，因為這塊布料帶有非常奇怪的魔力。「女性用內褲」這樣的危險物質──如果外面要遮不遮地用裙子覆蓋，又若隱若現讓人看到，不知道為什麼就會讓它的爆發性強烈提升。那個破壞力的增加率根據目擊時機和角度甚至可能提升到十倍。現在這個就少說也有八倍。像這樣，裙子可說是一種真正違反道德倫理的穿著，因此我非常希望本期國會能夠盡速提出並通過裙裝禁止法。

由於雪花不曉得自己的樣子映在窗戶上的事情，所以我等於是在偷看──她就像是為了冷卻發紅發燙的臉蛋般把雙手貼在臉頰上──繼續傻里傻氣地笑得開開心心。

「很可愛嗎？」

「我剛才就那樣講了。」

「再說一次。」

「哦、哦哦。很可愛啊。」

「～～♡！」

「？」

這是什麼對話啦？

「金次，謝、謝……謝……」

「謝……那是理所當然的！身為遍歷七海的帝國海軍軍人，任何文化的服裝當然都能夠穿得合適啦。哈哈哈！」

雪花露出維持笑臉的同時又正經凜然的奇怪表情，重新把身體轉回來。不過我這次已經預先猜到她的轉身動作，所以靠著較長時間的眨眼保護自己眼睛不受惡毒魔布（裙子）的侵犯了。

「……」

「……♡」

依然用美人臉蛋笑咪咪地看著我的雪花……全身流露出希望我再多誇獎她的氛圍。

然而不喜歡自己被女生懷抱好意的我，在稱讚女生的外觀時會用的詞彙就只有兩個……因此……

「呃～……很適合妳啊。很可愛。」

我只能擠出連自己都覺得噁心的笑臉，把這兩個詞再講一次。

但雪花對於我這樣貧瘠的稱讚也依然感到開心，露出彷彿周圍有一堆看不見的愛心圖案在飛舞似的表情瞧瞧自己又瞧瞧我。

——逐漸取回女人心的雪花……想必是對於自己被我，也就是被男性當成女人對待的事情感到高興吧。

可是，我沒有辦法為她做更多……沒有辦法更巧妙地將雪花當女性對待，讓她幸福。

因為一直以來害怕著自己的疾病，對於所謂的女性不斷迴避的我，非常缺乏關於女性的知識。

明明雪花的心靈好不容易漸漸做好準備接受那種事情地說。

……我感覺又要陷入一如往常的自我厭惡之中，於是為了逃避現實……

「呃～……我差不多想要開始用功了……」

我拿起已經徹底涼掉的咖啡，坐到桌前。

對我那樣的感受絲毫沒有察覺的雪花，彷彿在享受蓬鬆的蓬蓬裙輕撫大腿的觸感似地走過來——

「學問嗎？嗯，這麼說來你有打算要上大學啊。那就好好努力吧。」

很溫柔地對我如此說道。

……就在這時，我忽然想到了。

想到隨著心理上成長為一名女性而逐漸變弱的雪花——能夠提高生還機率的方法。

而且那是現在必須馬上做的事情。畢竟抵達戰場之前只剩下一天半的時間了。

這肯定是讓雪花能夠矯正她錯誤的最後機會。

「雪花妳——這次的戰鬥結束之後，有什麼想做的事情？」

「之後……是指？」

「也就是妳回來之後想做什麼？武偵在準備前往進行困難的戰事時，會習慣談論這樣的事情。如果活著回來，想做什麼——有這樣的一個目標，從危險場面生還的機率就會比較高。例如像我的狀況，就是這次的大學考試。」

我讓語氣變得嚴肅，一邊拿出古文的講義一邊如此說道後……

「為何要問本人那種事情？」

雪花到剛才的開朗情緒頓時消散，對我這麼回問。姑且不談身上的打扮，那聲音已經切換成二十世紀的日本武士——日本史上最為冷酷而殺氣騰騰的舊日本軍人了。

雪花，聰明如妳，應該立刻就聽出我現在想要重談的事情了吧。所以才會擺出那樣嚇人似的態度，試圖讓我不要繼續講下去。

可是我才不會被妳嚇到。別小看我們二十一世紀的人。雖然這種話題也許感覺像沒有意義的閒聊，但絕對必須討論才行。

妳雖然現在就像二十一世紀的女孩子一樣享受著角色扮演的樂趣……但妳實際上還在現代與過去的縫隙間搖擺。

雪花在遠山家的屋頂上宣告過自己要『一死以成護國鬼』。對於違背世界條理的自己與蕾芬潔將會同歸於盡的宿命，她做好覺悟要自己主動踏上那條路。而我當時沒能夠讓她改變那樣的想法。

——送死的覺悟——

戰爭時期的日本為雪花釘上的那根楔子，必須拔除才行。

由我，現在、在這裡。

「我好歹也有學過歷史，所以知道舊日本軍人的思考方式。不惜一死也要擊敗敵人——那樣的特攻精神，在前往這次的戰場之前，我要妳徹底丟掉。」

我把頭重新轉向雪花，切入正題後，她回我一個溫柔的微笑：

「金次，十死零生並非原本海軍的思考方式啊。畢竟那也有悖於兵理。」

雖然她就像利用自己的女性特質般柔和地安撫我——

——但那是在撒謊。

我知道。因為我們是家人。

果然，雪花到現在依然抱著為了殺死蕾芬潔甚至不惜自爆的打算。

「雪花，不要跟我撒謊。」

「才沒有撒謊。本人會活著回來。」

即便我這麼說，她臉上依然帶著虛假的微笑。就跟之前在屋頂上看到的一樣——是將赴死地的軍人為了讓留下來的人安心而露出的溫柔表情。

豈可如此。

怎麼可以讓雪花死在那樣的美談之下。

不能再讓以前的那場戰爭繼續殺死任何一個人了。

「那妳看著我的眼睛，發誓自己會生還。然後告訴我妳活著回來之後想做什麼。」

「……」

我目不轉睛地盯向雪花那對烏黑的眼眸——

——結果她露出苦笑，把視線別開了。用一副像是在含糊回應的態度。

「給我說。妳說啊，雪花。說妳活著想要做什麼。如果一個人要活下去，夢想跟希望是很重要的。這就是現代我們的思考方式。而妳現在是活在這個現代。帝國海軍不是應該效法自己接觸的外國文化嗎？這甚至不是外國，是日本的思考方式啊。所以妳給我好好效法。」

「如果活著回來，想要做什麼……？」

「沒錯。妳想做什麼？」

「那等回來之後再去想。」

「也就是說妳沒有想法的意思了。」

「……」

被我如此逼問下……雪花沮喪地垂下頭。

雪花她──是舊日本軍的軍人。

當時的日本將一切都賭在戰爭上，而在那樣的全體主義之中根本沒有所謂個人的夢想或希望，因為那是不該有的東西。

從剛才的反應中可以明顯看出來，雪花同樣是那個世代的人之一。

她只知道戰爭。

除此之外空無一物。

但那樣是不行的。那樣不就跟蕾芬潔沒有兩樣了？

「那妳現在給我想。妳看過這個時代，都沒有什麼想做做看的事情嗎？」

「現、現在？」

「我知道這樣的要求很勉強人。比起送死的覺悟，在某些狀況下要懷抱活下去的希望更困難──妳要違背世界的條理，在這次的戰鬥中生還，或許就是這樣的狀況。但是過去那場戰爭之後，人們站在那片彷彿什麼活下去的希望都沒有的焦土荒野上，也依然想辦法找出了希望，復興了日本。而我們現在也繼承那樣的精神，在彷彿沒有一點希望的嚴酷社會中也依然勉強抱著希望努力活下去。妳在池袋跟澀谷看到街上的那些燈光，每一盞每一盞都是這份精神的證明。」

「……」

「雪花，不要逃避。不要逃避活下去。撤退是卑鄙小人才做的行為啊。」

聽到我說出這句雪花以前自己講過的話──

她就像是輸給了我的執著般抬起頭……

「──你這人真是嚴格。搞不好比海軍的長官還要嚴格呢。」

露出苦笑如此說道後……

「有。聽你那樣說之後，本人想到自己或許可以做的事情了。只要能活著回來。」

她又再次把視線從我臉上別開，接著這麼表示。

雖然態度上帶有害臊，不過表示得很明確。

我可以知道，她這句話──是真的。

雪花找到了在這個二十一世紀自己想做的事情。

「妳想嘗試什麼？告訴我，我會協助妳。」

我想要清楚問出這點，結果站在我旁邊的雪花稍微握住圍裙……

「……蹈……」

怎麼好像欲言又止的。

「什麼？」

「……蹈……啦……」

「要講就講清楚一點。你不是軍人嗎？」

雪花被我這麼一說，便發揮出她一如往常受到挑釁就會立刻上鉤的個性……

「──舞蹈！啦！」

這麼告訴了我。

對於滿臉通紅的雪花講出的這個教人意外的夢想──我不禁感到有點驚訝。

「舞蹈……？」

「你、你不准跟任何人說喔！本人居然會懷抱這種軟弱的夢想……是、是因為你，本人才講的。很可笑是不是？要取笑本人嗎？」

「我哪會笑妳啦。畢竟妳很喜歡做體操之類的嘛。妳說舞蹈，是指日本舞蹈嗎？」

「不對。是那個……在電視機或YouTube上看到……叫『偶像』的少女歌劇團體跳的……本人以前都不知道的舞蹈。操畫(動畫)節目中也有描寫到同樣的東西。看到那個時，本人就想了。這正是開朗、健康、自由闊達，將這個時代良好的精神凝聚起來的產物。所以說那個，之前在竹下町看到這件衣服時──覺得跟那些少女們統一穿在身上、有如法蘭西人偶般的洋裝很相像，本人才會想穿穿看的。」

雪花即使不曉得現代的用語也拚命形容的「舞蹈」——我猜大概就是被稱為「偶像舞蹈」的東西。那是一種很類似街舞類的舞臺舞蹈，特徵是會邊唱邊跳，動作會與歌詞內容有相關性，而且利用手指的表現方式比起其他類型的舞蹈來得多。由於那是一種將「可愛」追求到極致的舞蹈類型，無論男女都會被吸引。或許因為雪花擁有男女兩方的心，所以著迷的速度也是一般人的兩倍吧。

不管怎麼說——我覺得這很好啊。是很女性的夢想。雖然也有像有馬鳩雄那樣想跳那種舞的男生，因此這可能並非僅限於女性的夢想就是了。

「那類的舞基本上理子都會跳，所以等回來之後叫她教妳就行了。而且妳剛好也是個小有名氣的 YouTuber 對吧？只要投稿個所謂『試跳』的影片，搞不好頻道訂閱人數會衝更高喔。妳戶籍上是八十八歲，到時候就堪稱是空前絕後史上最高齡的偶像啦。反正網路的世界是寬宏大量，就算妳從那個軍國影片忽然轉換跑道，大家肯定也可以接受的。」

「是、是那樣嗎？好，那麼等回來之後就跟峰少尉一起重新開始 YouTuber 的活動吧。」

「講好囉。」

「當然，講好了。」

由於雪花很坦率地如此定下誓言——於是我重新坐回了桌前。當然並不是說這樣就能確保雪花會生還，但至少這等於是她向我約好了自己不會採用那種有如要主動送死般的戰鬥方式。

剩下只要我在戰鬥時守住她就行了。

「……這樣一想之後，總覺得心境上就整個都不一樣了……謝謝你，金次。」

呢喃般小聲如此說道的雪花，為了探頭看向坐在椅子上的我而彎下身子——

（……！……）

結果那動作讓她的乳、乳乳乳、乳袋快要放、放到、放到我的肩、肩膀上——下緣稍微觸碰到我的左肩。雖然我不曉得雪花自己到底有沒有注意到就是了。嗚哇嗚哇，明明只是稍微碰到一點點，就柔軟得像做夢一樣，溫暖得像做夢一樣。而且因為兩個人的頭和頭也靠得很近，讓雪花頭髮飄散出如桃子般的雌性氣味把我從鼻腔到肺泡都徹底灌飽了。這氣味又莫名讓人有種懷念的感覺，一聞就能知道雪花和我在肉體上的相合度是百分之百，香到讓人彷彿置身於夢境之中。

因為剛剛在講嚴肅的話題害我放鬆了危機意識，但現在這裡可是一間密室，而我和眼前這位身穿無敵可愛的服裝、長相又無敵漂亮的大姊姊正兩人獨處啊。不妙，當我注意到這點後——我對年紀比自己大的女性很弱的部分當場作祟，讓血液滾滾而來了……！

雖然我很想立刻逃跑，可是我的肩膀被乳袋封住，讓我動彈不得。要是我現在起身，就會自己用肩膀把雪花的胸部往上壓了。

（完、完蛋啦……無路可逃了嗎……？）

我徹底陷入窮途末路的狀況之中。不過……

「那、那麼金次，在你為了入學測驗開始念書之前，可以先幫本人看一下嗎？其實本人有稍微自己學習了一點那個舞蹈。雖然只有學了一點點。」

還沒完蛋！多虧雪花把上半身挺回去的關係，讓我從柔軟攻勢＋香味攻勢、有如將軍抽車的危機中撿回了一命。還好我沒有一下子就認輸。

「不愧是雪花，行動迅速。」

我假裝平靜，把椅子轉向雪花後——沒發現自己跟著我一起脫離了險境的雪花拿出她的手機，用白皙的手指點了點螢幕……

「這個無線電話機實在很方便。只要把這個、這樣……」

手機播放起似乎是雪花透過 iTunes 購買的偶像歌曲。我對那方面並不熟悉，所以聽不出來是哪個團體的歌，不過——

雪花接著開始又唱又跳起來。雖然由於軍官房間不大，所以動作稍微比較小就是了。

「——重獲新生的 Romance——活出真正的自己——」

而她跳的舞——

「……哦哦！很棒嘛。」

真的很棒。畢竟舞跳得好不好會受到一個人品味所左右，我本來在這點上還有點擔心的。不過也許是理子造成的影響，雪花對舞蹈適應得很順利的樣子。她本來運動神經就不錯嘛。

「——終於到手的未來——唯一無二的光芒——」

被我稱讚之後，雪花的表情與動作變得越來越精神洋溢……很快就開始有像是真正偶像的感覺了。

修長的雙腿時而像走在平衡木上，時而像在跳繩，又時而像在踢空罐，扭動小蠻腰踏著華麗的舞步。手臂與手掌也同時一下像捲動般旋轉，一下往前直指，一下抱住自己身體，還穿插著輕撫的動作。用雙手在胸前圈出愛心圖案的裝可愛動作，也跟著拋媚眼一起跳得有模有樣。

（好、好厲害……）

話說她這個根本不只是練習了一點點而已，而是練習了很多啊。我猜應該是在誰也沒看到的地方偷偷練習的吧。然而考慮到她回到這種舞蹈存在的時代之後經過的時間，而且又是靠自己學習就能練到這種程度，只能說她真的很有天分。雪花……就算去當舞蹈類 YouTuber 應該也能再度走紅吧？

「——似近又遠——我嚮往的 Stage——」

不過……

由於那套女僕裝的超級迷你裙實在超短超迷你，當她轉圈或小跳步的時候感覺幾乎都快要看到那條薄薄蕾絲的白色魔布（內褲）了。或者說我只是一直告訴自己看到的那個是蓬蓬裙的一部分，但其實有好幾次都若隱若現啊。

偶像穿的迷你裙為了不要被人拍到像是走光GIRLS的照片——底下通常是像褲子一樣會擋住內褲壞心眼蓬蓬裙。然而雪花穿的蓬蓬裙是裙子底下的裙子，而且構造上設計成把外面的裙子大大撐開，所以反而甚至會促進走光。這下雖然又是一筆開銷，但回去之後必須幫她買一條壞心眼蓬蓬裙才行，要不然她這樣帳號可是會被ＢＡＮ掉的。

就在我這麼想的時候，跳舞跳到最後的雪花……

「——一切從這裡開始——啊、嗚……！」

就像我偶爾也會犯的蠢，右腳絆到了自己的左腳。

結果她身體往前傾，用一隻腳朝我的方向跳、跳、跳——我看她好像快要跌倒，情急下伸出雙手想要撐住她的身體。

「啊……！」

——啪！

然而雪花自己似乎也為了避免撞上我，把雙手放到坐在椅子上的我肩膀上，試圖像跳箱一樣從我上面跳過去……可是卻又中斷動作，只是稍微跳起來就坐了下去。坐了下去。張開的雙腿，緊實又有彈性的大屁股，就坐到我的大腿上……！

如果她真的像跳箱一樣豪邁地從我頭上跳過去，也會有讓我看到明媚景象的風險，所以很難講到底怎麼樣比較好就是了。至於她為什麼會中斷大跳躍的動作——是因為我為了支撐她身體而伸出的雙手，兩邊都一把抓住了。抓住她特大蝴蝶結與水手服衣領下方的、那對乳袋。隔著彷彿都要被撐爆似的柔軟黑色薄上衣，十根手指全都軟綿綿地陷入其中……！

全新布料的滑順觸感，加上從開胸型圍裙下唯獨那部分凸出來的豐滿圓潤觸感，都從手指一路流進我的大腦中。雖然到剛才看起來還像一對黑色的寶珠，但是用眼睛看跟用手觸摸完全不同——難以處理的大量情報滾滾湧入，支配我的大腦。雪花、果然是、女人、女人、女人、女人、女人——

「……！……」

而雪花她……什麼動作都沒有。既沒有對我發動鐵拳修正，也沒有離開我的身體。她很明顯在動搖，卻始終只是紅著臉……對於我雙手呈現的誇張狀況，一點都沒有做出感到討厭的動作。我甚至有種她反而壓過來的感覺。

那雙平常總是用烈火般的視線睥睨周圍的眼睛，現在卻溼潤恍惚地半瞇起來。修長的睫毛微微顫抖，虛幻地搖曳著。

我、這樣的我、居然變得想要把雪花——當場緊緊抱住，揉遍全身上下，隨心所欲地恣意擺弄。我從她身上感受到某種教人難以置信、過去從任何女性身上都沒感受過的強烈魅力。

不過這樣反而讓我搞懂了。我曾經有遇過一次同樣的感覺。從金女身上——

——那個眼神、是女性的爆發模式……！

「……金次……你還記得在山上的事情嗎？」

雪花彷彿要任我擺布似地將上半身倒了過來。我察覺出她的爆發模式而想要拿開的雙手被她溫暖的雙峰包覆，無從逃脫。

「本人覺得……如果對象是你，本人就算**被利用**也好……只要那樣可以從蕾芬潔手中拯救這個和平的世界——不，即使跟那事情無關也一樣……」

「利、利用……？」

正當我對雪花這句難以理解的發言皺起眉頭的時候……——叩叩、喀嚓……

（……！）

這間軍官房間的房門從敲門到打開。

接著……

「哥哥大人，打擾了。」

「金次在嗎？關於奧爾庫斯的維修，感覺還需要一段時間——」

金天小妹妹與亞莉亞大人……

闖進來了！進到房間了！為什麼偏偏挑在這個時候來啦！

「咿呀啊啊啊啊！」

「——金次！你這個人喔！」

「不是那樣，亞莉亞！有話好好說！」

「……」

金天、亞莉亞、我和雪花四個人做出四種反應的狀況中，我現在是坐在椅子上，讓穿著大膽女僕裝的雪花跨坐在我的大腿上，近距離面對面。

老實講我幾乎已經爆發了，因此用變成平常二十八倍的腦袋全速運轉，卻也覺得現在這情景實在不可能辯解——雙劍雙槍要來了！雙劍雙槍要來了！雙劍雙槍要來了！

「——喝！」

我利用膝蓋與腳踝的關節使出半櫻花，讓自己連同雪花和椅子一起小跳步&旋轉。就這樣讓自己的臉雖然隔著雪花的背部但至少轉朝亞莉亞的方向，接著化不可能為可能——嘗試辯解。

「亞莉亞，眼睛所見可不一定全部都是真正發生的事情。舉例來說變魔術就是那樣。必須隨時懷疑自己看到的東西搞不好是錯覺，才是真正理性的態度，才是對正道的追求。武偵憲章第三條，要有實力。不過在那之前，必須先走在正道上——」

……不行了！連我自己講著都能知道這樣的理論根本說不過去！

面對從雪花肩膀的荷葉邊裝飾後面探出頭，雙手陷在雙乳袋中擺出理性的態度講述道理的我——金天和亞莉亞就像在比誰的眼睛比較大似地各自把大眼睛睜得更大……

「哥哥大人，雪花小姐……對不起打擾到兩位了！我、我、我會離開個九十分鐘左右，不會靠近這間房間的！」

「你這個男人真的是……居然連親戚的大姊姊都不放過！讓她做出！這種事情！」

這兩人看來都完全沒有聽我講話的樣子。

金天當場轉身逃到走廊上，但亞莉亞反倒是朝房間裡奔過來。接著「鏘！鏘！」兩聲，拔出了她的傳家寶刀──白銀與漆黑的Government！順道一提，在亞莉亞腦中似乎認為臉上表情不知為何彷彿在抱怨『居然被打擾了』的雪花是受害者，所以明顯只有盯上我而已。

「槍不行！在軍艦中不能用槍啊亞莉亞！會跳彈──」

我用雙手從下面抱起雪花那彈性與柔軟兼具的滿點屁股，讓雪花「啊嗯！啊嗚！」地叫著的同時左右晃動她身體的位置，當成從亞莉亞的左右雙槍保護自己用的盾牌。

然而亞莉亞也會使用把Government像鉗子一樣從我左右兩側夾起來射擊、通稱鉗子射擊的招式。而她平常使用這招都是夾住我的左右腹部或肩膀零距離開槍，但火冒三丈的亞莉亞大人這次竟然是朝著我的太陽穴夾過來！那樣會死！會死啦！

不過爆發了大約九成三的我立刻使出──雙指空手奪白刃！的應用版，右手對付白銀的Government，左手對付漆黑的Government，各自用剪刀手勢的手指夾住槍身一轉，從亞莉亞手中奪走雙槍。連我自己都覺得這次出招簡直完美！

然而知道我唯有在遇到危機的時候，能夠發揮出超人等級對應能力的亞莉亞接著……

「喝啊啊啊開洞啦啊啊啊！」

用娃娃聲大叫的同時，伴隨「鏘！鏘！」兩聲有如鈴聲般的拔刀聲響，從她的水手服背面拔出了左右兩把小太刀。看來她從一開始就打算靠兩段攻勢解決我的樣子。我才想說那個亞莉亞怎麼會那麼輕易就讓手槍被奪走嘛！

這次換成雙刀朝著我的頭頂直揮而下。但我左右手都被剛才奪來的兩把手槍塞住了。怎麼辦？該怎麼辦啊金次？還有亞莉亞小姐妳那樣哪裡算是開洞啦？

「——喝！」

沒關係！雖然食指和中指夾著手槍，但我還有無名指跟小指。啪！啪！手槍之後接著是刀，同樣雙指空手奪白刃！怎麼樣啊，亞莉亞？這就是我的實力。

但是沒想到，亞莉亞對我的制裁其實是三段攻勢。連小太刀都放手的亞莉亞接著用她的拳頭從左右兩側「碰磅！」地對我腦袋使出了鉗子射擊的變換招式，鉗子拳擊啊。

卡爾．文森號在太平洋上大致沿著同一條經線繼續北上，因此艦內的時區不會改變，目前都還不需要調整時鐘的時間。

到了晚上七點——被亞莉亞的鉗子拳擊打到頭部變得有點細長的我，來到03甲板的大餐廳享用晚餐。在這間藍色餐桌配藍色牆壁的餐廳中，有各式各樣人種的艦上人員們吵雜來往著。雖然有點靜不下來，不過這種像學生餐廳或員工餐廳般平易近人的氣氛感覺並不壞。裝到餐盤上的馬鈴薯泥跟沾了有點酸的Ａ１醬汁的香腸吃起來都不賴，但三明治倒是嫌有點乾。

剛才在亞莉亞把我抓到走廊上罰跪的時候，換回白色第二種軍裝的雪花，在這裡同樣大受歡迎……扮男裝的美人會有女性緣似乎是世界共通的道理，她在女性士兵與女性航空員們圍繞之下，開開心心地一邊聊天一邊享用了晚餐。

接著回到軍官臥房後，雪花進入淋浴間，於是我為了不要聽到水聲導致想像一絲不掛的雪花，把電視音量轉大並專心讀起古文。念著念著——手機接到一通電話，是卡羯打來的。

「曰之曰之，卡羯啊。何事乎？」

『那是什麼講話方式啦？美國的航母怎麼樣？你有暈船嗎？』

「完全沒有。如果不是躺在床上都不動，根本感覺不到有在搖晃。呃～妳等等，我告訴妳我們現在的經緯度。看艦上的電視就能知道了。」

『不用，我大致上可以知道。畢竟你跟雪花身上都還殘留有霧之標記的效果。』

「什麼？那還真討厭啊。該不會我一輩子都要被妳跟蹤了吧？這要怎樣才能去除？洗澡時用力刷可以洗掉嗎？」

『你對於魔術方面還真的是外行人。那不是那樣的東西啦。只要過個兩週自然就會消失了，不用擔心。我打電話給你是姑且跟你報告一下。你們確實正朝著蕾芬潔的方向接近。對方也依舊朝著擇捉島低速南下中，照現在的速度，還剩三十七個小時就會登陸了。你們趕得上嗎？』

「可以，雖然會有點趕就是了。只不過現在奧爾庫斯還在維修中，似乎是海水氣化裝置還是什麼的無法正常運作，所以速度沒辦法多快的樣子。」

剛才亞莉亞把我擊倒，拖到走廊上罰跪的時候，雖然囉囉嗦嗦嘮叨叨地訓了我一頓「就算是再怎麼漂亮的美女，說到底雪花是你的親戚吧！之前金女的時候我也跟你說教過了……」之類的，不過這次時間比較短，因為她很快又回去繼續修理奧爾庫斯了。

『最壞的狀況下，到時候搞不好只有天山可以出動是吧。雖然我想奧爾庫斯如果能夠航行，至少還可以當成接送工具啦。』

「或許吧。」

現況報告結束後，我掛斷與卡羯的通話……輕輕嘆了一口氣。

畢竟這次的作戰本身就是倉促成行，所以這也是沒辦法的事情，不過到時候能夠送到前線與蕾芬潔交手的戰力會變得只有天山——也就是說實質上只有我和雪花的可能性很高。話雖如此，考慮到回程的手段以及移送逮捕的敵人，或者根據狀況搞不好需要確保我跟雪花的退路，因此奧爾庫斯還是不可缺少的工具。

而在奧爾庫斯的維修上什麼忙也幫不上的我……想說至少拿些零嘴之類的去給亞莉亞她們吃，於是關掉電視，從椅子上起身。

結果——我看到似乎沖完澡的雪花就站在這間軍官房間的門前。

雖然她身上有穿著衣服是好事，但她穿的衣服竟是剛才那套女僕裝。也許她已經理解了衣服的構造，這次只靠自己一個人就穿好了水手服衣領的上衣、荷葉邊裝飾的圍裙、像花朵般的蓬蓬裙以及頭飾髮箍等全套裝備。那身打扮的她就像要把胸部集中托高似地雙手抱胸，嘴角下垂，莫名一副好像絕對不讓我離開房間似的感覺。

「幹、幹麼啦，雪花。如果妳那麼喜歡那套衣服，乾脆去照照鏡子怎麼樣？」

「本人確實很中意這套服裝，不過現在本人再次穿上這衣服是另有意義。」

「另有意義……？」

說出這種莫名其妙發言的雪花，臉上帶著像是道館的前輩要為師弟進行特訓似的表情。

同時，她全身也散發出做好某種覺悟般的感覺。

「──峰少尉有說過，像這樣的服裝可以刺激男性的心。難得本人穿上了女性的洋裝，你現在試著把本人當成女性來對待。這不是個人委託，是軍事命令。」

「我搞不懂妳在講什麼……叫妳的名字時前面加個『小』就可以了嗎？」

「你這蠢貨。別讓本人講得那麼明白！本、本人也是會害羞的啊。」

雪花頓時變得滿臉通紅，似乎對於缺乏理解能力的我感到生氣的樣子。但是對我來說，搞不懂的事情就是搞不懂，我也沒有辦法。

然而要是我不做她想要的事情，她看起來也不會放我離開房間。於是……

「既然妳也是遠山家的人應該就知道，我為了不要讓你們那一代稱為『返對』的那個現象爆發，一直以來都在迴避跟女性有關的一切事物。所以要是妳在女性相關的事情上跟我講得拐彎抹角，我就會完全聽不懂意思。甚至很多時候就算講得很直接，我也一樣聽不懂。畢竟妳是親人，我就跟妳講了，舉例來說我一直到十四歲之前都不曉得口紅這種東西，到十五歲之前都不知道女性穿在胸部的內衣叫什麼名稱啊。」

我老實告訴雪花自己的障礙，要求她向我說明。

結果雪花依然漲紅著臉，露出『居然要本人講出口嗎』的氣憤表情。

接著，她做出雙拳往下揮的動作……

「——本人是說！要你利用本人進行那個返對啦！」

竟然講出了這種話……！

意、意思是說，要我現在進入爆發模式嗎……！而且靠雪花……？

「為、為為、為什麼啦！現在這裡又沒有敵人……！」

「遠山家的男性必須能夠在戰鬥前自在進行返對，才稱得上是獨當一面。可是從之前在海底基地和在雪山上的表現看起來，你的返對速度太慢了。因此在與蕾芬潔上校對決之前——本人要好好訓練你利用回想進行的返對，也就是『想對』。你要利用本人學習女性的身體，以後適時進行想對。用不著擔心，本人已經做好被你利用的覺悟了。」

我大致上可以聽得懂她究竟想表達什麼，不過……應用回想爆發的技巧、我個人擅自取名為幻夢爆發的手法……原來是遠山家從以前就建立起來的技術啊……！

然後剛才亞莉亞闖進房間之前，雪花說的那句「利用」發言，我也總算搞懂意思了。

那就是——要我用雪花創造回想爆發用的新鮮記憶庫存。

然後她現在命令我那麼做。

「畢竟你……之、之前協助過本人水練，所以這次換成本人報恩，協助你練習。剛好本人的身體是女性啊。」

雪花說著，把手放到她由於上衣跟圍裙的構造而讓形狀清楚明顯的胸部上。大概是對這個訓練已經開始感到興奮的關係，臉蛋也無比泛紅。

「——不、呃、那種事情、不行。我、我辦不到。」

我也同樣臉紅到不輸給她的程度，用力甩手搖頭。

……她這個提議……雖然我不想承認，但確實在戰術上是有意義的。

我至今在幻夢爆發時使用過的記憶，全部都是和女生之間意外性的接觸。很多只是片段性的情景，或是只有表面而未達核心的狀況。因此啟動爆發模式的速度較慢，效果也弱。如果是為了讓自己以後可以回想而主動接觸，應該就能在腦中裝入更加有效果的記憶。

——但是身為一個人不可以做這種事吧！在各種層面的意義上都太違背倫理了！

然而雪花對於我的拒絕……似乎解讀成了不同的意思，忽然變得氣勢銳減，沮喪地垂下視線……

「……辦不到……嗎？原來如此，說得也是。你沒有辦法返對也不怪你。畢竟本人就算肉體上是女性，言行舉止依然像男人啊……」

她用非常、非常受傷似的聲音這麼說道，還有點在哭的樣子。

呃、這個……難道是我不對嗎？我反而變成了害雪花丟臉的壞男人嗎……？

「不、不是那樣。就身體上來說，該說是可以嘛……像剛才，我光是要克制自己就來不及了……」

「是那樣嗎！」

嗚哇啊啊啊不要那樣滿面笑容地抬起妳的美人臉啊！

「是那樣沒錯啦！可是我說我辦不到，是我覺得為了戰鬥去利用異性該說很違背倫理嘛——」

「不要緊！你和本人都是遠山家的人。只要雙方可以接受，據說在返對的訓練上過去也經常會利用母親或姊妹。」

「嗚哇啊啊啊我不想知道那種事情！」

「本人和你之間的血緣並不算太近。就算事後發現有了什麼萬一的過錯，到時候也順其應變就好！畢竟聽說現在日本的出生率年年下降，那樣反而是值得慶祝的事情。那麼——立正站好！要上了！」

雪花好像把我剛才的「可以」發言曲解成同意的意思了，當場露出女豹般的眼神接近過來——「啪！」地用雙手抓住我的雙臂，透過合氣道的訣竅操作我的移動方向。

在這間狹小的臥房中不斷往深處、往深處——

不不不，不行啦！不要這樣！還有她說這場特訓之後可能發生與出生率有關、既值得慶祝又是萬一的過錯到底是什麼？我不懂！我完全不懂是什麼事情！好可怕好可怕！怎麼可以有這麼可怕的女僕小姐啦！

「妳、妳再想清楚一點……！」

「既然你是日本男兒，就乾脆一點……！立正……注意！」

我和雪花分別用手臂和手掌較勁互推，但平成時代的武偵終究在氣勢上輸給了昭和時代的軍人，結果我「啪沙！」一聲被推倒在彈簧有點硬的床上。

「……嗚……！」

雪花接著用蓬蓬裙底下伸出來的膝蓋像是釘釘子一樣壓在我腹部——擺出浮固（Knee on the Belly）的動作。

「雖然本人也不清楚程序，但肯定不是什麼難事。從黎明時代就在進行的事情，應該不需要什麼範本或知識才對。想必只要雙方靠近，就自然會開始……嗯……嗚……」

就在這時——

到剛才還那麼強硬壓住我的雪花，忽然變得沒有力氣了。

然後她的身體連同輕飄飄的裙子與圍裙一起……覆蓋我身體……壓到我脖子與肩膀上的那對無限延伸變形、包覆我的雙峰——

——好燙。

燙得太誇張了。

雪花的身體在發熱。因為全身都緊貼在一起，我可以知道。這並不是興奮造成的發熱，很明顯是疾病性的異常高溫。

「──雪花……？」

她不是趴到我身上，而是倒在我身上。就在她把我壓到床上的下一個瞬間。

吹到我耳朵的吁吁喘息聲，聽起來難受得像隨時要窒息一樣。

「……！」

我抱起雪花，交換位置，結果──她全身無力地仰天倒在床上。這動作害我看到了那對有如巨大布丁般的胸部近在眼前搖晃，但現在根本不是去在意那種事情的時候。

「雪花，妳在發燒……！」

我把手放到她髮箍下方滲出汗水的額頭──發現熱得幾乎像要燙傷的程度。

這搞不好有四十度，不，甚至更高溫。為什麼她會這樣突然發起燒來？

「沒事，不要緊。這點程度，只是小燒而已……」

雪花雖然這麼主張，但她就連聲音聽起來都沒有力氣。是很危險的狀態。

「我打電話給艦上醫院，請醫生過來──」

我慌張地準備到桌前打電話，卻被雪花伸手制止了。

「……沒、沒用的……這個感覺……本人以前也有過。原來如此……即便只是萬一、也絕不讓本人、留下子孫的意思嗎……」

雪花在意識朦朧之中呢喃的這句話，我雖然聽不太懂後半的意思──不過關於前半部分我也有想到一件事。雪花以前也曾經有一次突然發高燒倒下。而她現在的症狀就跟那時候一模一樣。

「這是、**玲的詛咒**……去過玲、再回來的人……都活不久……」

「那、那是什麼意思？」

「軍方其實知道這點……也有告訴過本人。遠自古早的平安時代以來……就有人前往過玲的紀錄。而那些人回來之後，大多會罹患各種重病。本人回到這個時代的那一晚說過『心境有如浦島太郎』……據說那個故事的結局也是在描寫玲的詛咒……」

浦島太郎──前往龍宮回來後發現已經跳躍了幾百年的時間，而且緊接著肉體就老化了。這樣的故事結局聽起來好像亂無邏輯又不講道理，不過也有人說所謂的民間故事其實是被改編到不留原形的**事實紀錄**。原來浦島太郎的故事也是關於去過列庫忒亞的人的紀錄嗎──

「首先在剛回來的時候，會接連遭遇巨大的不幸……即使跨越了那道難關，還是偶爾會遭逢不幸，終至死亡……而那個機率遠比一般人來得高……」

──存在劣化症候群──

雖然玉藻她們似乎認為只要能撐過剛回到這個世界時的殺刻就沒問題了，但其實那只是暫時看起來沒事而已。就好像感染人體的病毒引發初期症狀之後，還會斷續性地引起發炎一樣──從列庫忒亞回來的人，因意外而死亡的風險是會**復發**的。玉藻她們對於存在劣化症候群的臨床知識比日本軍所知道的還要古老。或許是因為古代人的平均壽命沒有現代人這麼長，所以比較難以判斷跟自然死亡之間的區別吧。

雪花這下不但由於女性化導致戰鬥力變弱，還必須背負著這樣的症狀前往戰場……太危險了。我雖然只有對卒的風險，但她身上可是帶著兩顆攸關性命的炸彈啊。

「本人無論如何……不管戰不戰鬥，在不久的將來都會喪命。正因為如此，本人才會急著、要完成這場必須執行的戰鬥……」

所以說──雪花才會活得這麼急。從她自列庫忒亞回來之後，就一直都那樣。

不知是因為高燒造成的痛苦，還是對自己背負的命運感到悲傷，雪花的眼眶含著淚水……

我抓起她的手，試著用話語激勵她。

「雪花──運氣差又怎麼樣！光是不幸怎麼可能殺得死妳！」

現在白雪、玉藻跟伏見都不在這裡，只有我可以激勵雪花。

但是伏見說過，應付存在劣化症候群時重要的是抱有強韌的『抵抗』意志。

「……金次……」

「光是不幸才不會讓人死。像我就自認我的不幸程度是日本代表等級，但現在還是活得好好的。雪花，妳要抵抗。抵抗命運活下去！我也會把力量借給妳……！」

這下氣氛已經變得不是去做什麼爆發模式特訓的時候了，結果雪花的高燒──

雖然不清楚是什麼樣的原因，不過感覺好像已經脫離了險境。這次存在劣化症候群造成的高燒似乎是命運為了阻止雪花的某種行動而引起的短暫性發作。

「……謝謝你，金次……」

虛弱微笑的雪花漸漸睡去。看來即使只有短短一瞬間，但嚴重的高燒還是對她的身體造成了傷害。就算脫離險境，她的體溫也才總算剛降到三十九度以下而已。脈搏也還很快。必須讓她好好休息才行。

「雖然不清楚有沒有效果，不過我去要個布洛芬或泰諾——解熱藥過來。」

我說著，準備離開……但雪花卻伸手反過來握住我的手。

「這不是……吃藥、能夠怎麼樣的、症狀……比起那種事，你稍微多……留在這裡……」

被她用虛弱的聲音如此懇求——我於是決定聽她的話，繼續陪在她身邊了。用雙手輕輕包住她的手，讓她可以安心。

就像雪花剛才命令我的，宛如對待女性般溫柔。

3彈　改變世界

卡爾．文森號航母按照預定行程越過納沙布岬，沿著齒舞群島、色丹島、國後島的南方朝東航行。這條擦過北方領土邊緣的航線，似乎在美國海軍的立場上帶有對俄國進行牽制，或者說故意找碴的意思。然而聽說蘇聯解體之前，雖然邊防警衛艇總會成群出動，但如今的俄羅斯已經完全習慣了這檔事，連一艘巡邏艇都不會派來。畢竟對一艘只是航行於領海鄰接區但不會造成任何實際傷害的航母，特地派船牽制也只是浪費燃料而已。

不久後，這艘在冰冷海洋上航行的船艦——總算來到了擇捉島東方的澤捉海峽近處。

根據卡羯利用霧之標記的感覺算出蕾芬潔的行進路徑，與我們的航線最接近的地點就在這附近。我和雪花接著就要從這裡搭天山移動到蕾芬潔的船上，發動登艦攻擊。

天山的起飛時刻是上午四點，在出太陽之前，因此算夜間出擊。根據卡羯的計算，蕾芬潔登陸擇捉島的預估時刻是上午九點左右，我們勉強可以趕在那之前阻止她。

到頭來，奧爾庫斯的修理進度還是沒能趕上，不過它依然可以用大約每小時七十公里的速度進行一般潛航——因此亞莉亞和金天已經登艇，比天山起飛早三個小時左右靠起重機吊到海上了。奧爾庫斯會先前往擇捉島海域，等金天靠超能力探測到我移動至蕾芬潔的船上再前來會合。

天山的起飛預定時間前十五分鐘……由於表面上是攝影人員所以穿著便服，或者說就是武偵高中制服的我來到卡爾・文森號的飛行甲板上，發現一片漆黑的夜空正飄著小雪。

如果是實際的戰鬥場面，夜間的航母甲板應該會把照明燈光減少到最低限度，不過由於這次是當成攝影活動，所以卡爾・文森號上點亮了綠色、紅色、藍色的甲板標識燈，以及白色的甲板照明燈。薄薄的雪雲之上也有彎月露臉，起降跑道的視野並不差。

這裡的緯度和北海道最北端的稚內一樣高，再加上是深夜，因此氣溫大致零度左右。我感受著宛如宇宙船般航行於黑暗之中的卡爾・文森號劃破的雪風吹打在身上，並望向蕾芬潔潛伏的北方大海。海面並非完全一片漆黑，水平線附近可以看到一條帶狀的灰色。隱約浮現於月光中的那東西，是浮冰群。

我們接下來準備前往的擇捉島西北方——鄂霍次克海有四分之三的海面都被海冰覆蓋。冰冷的海流以反時針方向形成直徑一千公里的大漩渦，上空則是吹颳著低至攝氏五十度的西伯利亞寒氣。簡直就像拒絕任何人進入其中的八寒地獄之海。

停駐在跑道後端的天山已經完成燃料補給，進入暖機程序。雖然一般對天山較強烈的印象是在南方海域的戰鬥，不過舊日本軍的戰區其實有擴大到地球規模的程度，所以天山即使在冰點以下的環境也能正常飛行。

「──雪花，妳身體真的沒問題嗎？」

我對稍微比我晚一點來到飛行甲板的雪花如此詢問，而她點點頭回應。

那之後休息了一天，狀況徹底復原的雪花身上穿的是──之前在東京也有穿過的武偵高中水手服。雖然說是長袖但裙子還是很短，讓我有點擔心會不會被風吹起來呢。

即使還是戴著軍帽、配戴軍刀，但她之所以不是穿白色軍服而是選擇這套水手服的原因……據她剛才換衣服時解釋，是因為亞莉亞告訴她那是一套防彈服的緣故。然而就我來看，那行為同樣也象徵著雪花心中的她比以前又進一步化為女性了。換言之，她的爆發模式能力變得相當弱的可能性很高。

不過……就跟上次已經做好的覺悟一樣，我告訴自己那樣也是好事。

變強固然很重要。

但「做自己」的重要性同樣不輸給這點。

「就算假設本人狀況不佳，在戰場上也不可能拜託敵人手下留情啊。」

雪花有如要把我的擔心一掃而空似的，毅然抬頭挺胸站到甲板上。由於她還是老樣子，對於自己的裙子被卡爾‧文森號上的風吹起來的事情一點也不在意，讓她那雙雖然健壯但也不會讓人覺得很粗的美腿都露到根部了。

我們兩人接著走到天山的地方，看見爺爺以及諸星董事長為首的諸星汽車公司員工們已經在那裡等候。身穿羽絨外套的美國士兵們也在一旁圍觀。

為了假裝成節目攝影，爺爺身上穿的是日本海軍的航空服。飛行帽上綁有頭巾，頭巾的日之丸國旗上還寫著『乾坤一擲』四個字。脖子上也圍著據說不只有防寒、防塵功用，甚至當駕駛艙內有油滴飛濺的時候也可以拿來擦拭的白色圍巾。打扮上完全就是當年那個時代的飛行員。

「少尉閣下，請務必小心。」

身穿深藍色海軍軍官外套的諸星老人用標準的敬禮姿勢送爺爺出發，而穿著深藍色第一種軍裝或白色工作服的諸星小隊成員們也都仿效照做。

「在把姊姊跟金次送到目的地之前，老子死也會完成任務啦。哎呀，要是老子沒能回來，你們也別難過。那只不過是跟古早以前比老子先離開的同僚機們會合罷了。」

就在諸星小隊的員工拿著數位攝影機拍攝之中，雪花一如事先講好的程序……

「——全體——登機！」

凜然宣告作戰開始。雖然也沒什麼全體不全體的，就只有我們三個人而已，不過那聲音完全就像實際戰爭時的情景。

從表情上也可以看出來，雪花、爺爺和諸星董事長此刻心中的時間大概都已經回到二戰時期。對他們來說，這裡肯定就是航母大鳳、瑞鶴或千歲的甲板上吧。

用美軍的泛用梯子爬上天山的主翼後進入駕駛艙的爺爺表情凜然，與平時判若兩人。我想他應該多多少少有在使用爆發模式的力量，但一想到那力量是藉由什麼走光

GIRLS之類的玩意獲得，就讓我不禁有點快暈倒呢。

美軍為了不要妨礙攝影而遠離現場後，接著輪到我坐進三人座天山的後座——機槍席。雖然我是為了不要從下面看到穿裙子的中校閣下爬梯子才會比她先上機的，可是最後坐進中間導航席的雪花在坐進來時還是把膝蓋高高抬起，害我看到了走光畫面。難得的努力都白費了啦。

諸星小隊將梯子拿走後與天山拉開距離。似乎打算目送到看不見機影為止的諸星董事長，手上握著一個有點古老的雙筒望遠鏡。

三個人前後排列乘坐的機內一旦把擋風罩關起來便讓人有種密閉感。雪花的頭部就在我眼前，距離近到黑色長髮的甘甜氣味都能飄到我鼻子的程度。

「姊姊啊，做好覺悟了嗎？」

爺爺將操縱桿的固定皮帶拆下來綁到自己一邊腳上的同時，速度計、高度計、油壓計、指南儀、水平儀——依序看向擠在儀表板上的各種指針並如此說道。

「覺悟早在七十年前就做好了。」

這麼回應的雪花透過擋風罩看向外面……接著好像忽然發現右方的艦橋處有什麼東西的樣子。於是注意到她這氣息的我和爺爺也跟著看過去……

（那是……）

在飄舞的小雪中，卡爾．文森號的艦橋上有一面旗飄盪著。

那是一面將長方形用X字分成四塊區域，從上面開始依順時針方向分別為黃色、藍色、紅色、黑色的旗子。甲板上的諸星小隊成員們也都驚訝地指著那個方向，可見那應該是卡爾．文森號的乘組員掛起的旗幟。

「——Z信號旗嗎？還真會做呢。」

戴上飛行眼罩的爺爺咧嘴笑道。

Z信號旗，也就是所謂的Z旗，是在旗語中代表英文字母『Z』一個文字用的旗子，不過對日本海軍來說，那另外還具有一層特別的意義。Z是最後一個字母，沒有之後。也就是叫人不可後退——帶有「皇國興廢在此一戰，諸君當愈益奮勵努力」的意義，在日本海海戰、珍珠灣攻擊、馬里亞納海戰與雷伊泰灣海戰時都曾懸掛過。而現在大概是為了對『Die Hard（殺不死的士兵）』爺爺表示敬意，卡爾．文森號掛出了那面旗。不愧是美國人，款待心旺盛啊。

看到那面旗的雪花露出再次下定決心的眼神轉回頭……

「不只是日本，世界的興廢都在此一戰。絕不能讓這個和平的時代退回國與國互相廝殺的過去。金次啊，咱們絕對要贏。等到回去之後，就要拍下一段影片。讓峰少尉出錢，到竹下町吃個可麗餅和甜甜圈吧。」

她露出皓齒對我一笑，於是我也「別忘了還有彩色棉花糖啊」地回以笑容。

就在這時，時間來到上午四點——

爺爺為了表示感謝之意，對站在燈光通明的司令部艦橋窗邊注視著我們的布朗森艦長舉手敬禮。

「升降舵、輔助翼、方向舵，良好！——起飛準備，完成！」
如此大喊後，爺爺用戴著皮手套的手催開油門，讓怠速中的天山發出咆哮似的引擎聲響。
「——揮帽！」
諸星董事長一聲令下，諸星小隊的成員們摘下帽子揮舞，為我們鼓舞激勵。雪花則是從機內對他們挺直身子擺出日本海軍式的敬禮動作回應。
啪咻咻咻咻咻——！伴隨蒸氣活塞的聲響，艦載彈射器的發射機沿著飛行甲板上的溝槽如飛彈般往前疾馳。發射機牽引一條繩索與鉤子，拉扯將天山的航空魚雷懸掛器改裝而成的連接器。比雲霄飛車還要強烈的G力霎時將我們的身體往後壓到椅背上，速度計上的指針一秒之內就從零飆升到時速一百公里。據說這還是彈射器的控制室為了配合天山的重量，調整了從鍋爐輸送壓縮蒸氣用的鋼瓶，將輸出力壓抑到三成左右的力道。
爺爺為了抵抗橫向的風而操作著腳踏板的同時，從輪胎傳上來的震動忽然消失。是機體飄起來了。
接著，天山一瞬間通過寫在飛行甲板上的巨大數字『70』——也就是卡爾・文森號的航空母艦編號，從毫無任何遮攔的艦艄飛了出去。
在艦上獲得的地面效應消失的那個瞬間，天山突然往下掉落了幾公尺，讓我們全身都浮了起來。然而利用那個落下完成最終加速的天山——從幾乎要貼到水面的高度抬起了機頭。

爺爺巧妙控制高度的操舵技巧，實在讓人難以相信他有將近七十年的空窗期。畢竟爆發模式的記憶力是一種甚至超越所謂完全記憶的能力，不只是語義記憶而已，連技巧記憶也能自由回想起來。

轉變為水平飛行的天山持續加速，轉眼間就超過了時速四百公里。噪音激烈，簡直就像引擎近在耳邊。震動也很強烈，要是沒有緊咬住牙齒，上下排的牙齒都會互撞得很痛。爺爺和雪花都表現得一副這是理所當然的樣子，但我可從來沒有搭過這麼不安定的飛機，內心七上八下的啊。

現在機外完全沒有任何人工光芒，只能看到無限的黑暗——以及被機內微弱的燈光照出近距離高速擦過擋風罩的雪。腳下這塊薄薄的鋁合金之下就是什麼也沒有的虛空和冰冷的死亡大海。天山據說曾經還在比這裡更北邊的阿留申群島一帶負責過巡邏任務，那個時代的日本兵還真是夠膽，居然敢用這麼簡樸的飛機飛到甚至兩千公尺的高空。

雖然也不是說飛低一點就很安全，不過我們現在為了躲避俄羅斯的雷達偵測，持續低空飛行。儀器上顯示的高度是七十公尺。在這個高度就無論是探測船艦用的低空雷達或探測現代飛機與導彈的高空雷達都不會偵測到了。

隨著越往北飛，氣候越來越差。原本在天山飛行的虛空中颳掃的雪，現在已經多得像覆蓋視野的白色彈幕。即使靠著爺爺的操縱對應，機體還是會被瞬間的強風吹颳，發出彷彿要四分五裂似的軋響。搞不懂機上的暖氣到底有沒有在運作，還是說即使有運作還是這樣，機內的體感溫度完全降到冰點以下了。

「要避開十一點鐘方向的雷雲喔！應該從右邊繞過去會比較好吧！」

「了解！旋繞要平緩，注意別造成軌跡雲！」

爺爺和雪花用不輸給引擎巨響的聲音如此交談。

我因為雪的關係沒注意到，從座位注意觀察左前方，就能看到隱約有點黃光。是冰粒子在裡面碰撞而蓄積了靜電的雷雲——也就是有如空中地雷區的空間。隨著北風南下的雷雲與天山之間互相接近的相對速度極快，要不是爺爺及時發現，我們搞不好就衝進去了。

以讓人不敢相信是古早時代飛機的迅猛速度飛行的天山，貼著只能靠隔著雲的月光勉強看到的巨大雷雲邊緣閃避著、閃避著——即使靠這速度，完全閃過這塊雷雲也花了將近一分鐘的時間。

爺爺這時將機體傾向左邊。這角度與其說是要讓機體回到朝向目標海域的路徑，甚至還彎得更多。

「爺爺，怎麼啦？」

「——老子感覺應該是這邊，可以感受到氣息。」

有如靠氣味找到獵物的野獸一樣如此表示的爺爺看著左前方，於是我也跟著看過去……但是只能看到跟剛才一樣整片的黑暗與飛雪，另外頂多就是在海面上隱約可以看到淡藍色的浮冰。

「很大艘。肯定是大型艦艇。」

「本人也感受到了。居然連大小都能知道，你功夫提升啦，鐵。」

從雪花跟爺爺如此交談聽起來，她似乎也察覺到什麼存在。

——難道蕾芬潔就在那一帶嗎？

「我倒是什麼都看不到……爺爺你真強啊。難不能你有什麼超能力嗎？」

「這點程度，當年開飛機的每個人都會。要是不會就死啦。」

舊日本軍的戰鬥機上根本沒有什麼雷達。雖然到太平洋戰爭後期也有一些機體裝了雷達，但準確度可是低得讓人想哭。因此當時的駕駛員只能靠**肉眼**搜索敵人。我一直以來都以為是這樣，然而……

「要成為帝國海軍的艦攻搭乘員，必須具備靠**直覺**探找敵艦、敵機的能力。」

「而老子在這方面很拿手，被人稱作是人肉電探。可說是老行家啦。」

……沒想到其實居然是靠類似第六感的東西在搜索敵人啊。舊日本軍人難道各個都是超人嗎？

不過哎呀，這或許也表示在當時嚴苛至極的戰爭中，如果沒有這種程度的特異功能就沒辦法活下去吧。

正當爺爺轉回頭對瞪大眼睛的我露出得意表情的時候——

——砰斯——

伴隨沉重的聲響，天山有如從下方被颳起般彈了一下。緊接著便開始像扭轉般進行右旋翻滾。雖然多虧爺爺反射性地控制操縱桿，讓機體沒有失速，但這、這到底發生什麼事？

砰斯！砰斯砰斯砰斯！異常聲響依然持續。有種像是被現在應該不存在的敵機攻擊——不對，應該說是被一隻巨大的腳踢著機體的感覺。

「嗚……！」

雪花用彷彿要讓我看到水手服腋下似的動作把手撐在椅背上，防止讓自己的頭撞到擋風罩。她的身體接著滑開，往後突出，結果腋、腋下、側乳、都朝我臉部靠近……還有濃郁到教人窒息的女性費洛蒙氣味……！

砰斯砰斯砰斯的敲打聲響逐漸變小——聲音來自操縱席的更前方，是引擎——接著變成了「噗嘶！噗嘶！」的無力聲響。

「噢噢……不妙，這看來要停啦。」

爺爺把臉伸向前方如此抱怨，於是我也跟著看過去……

發現即使在日本軍機中也很稀奇的四片式螺旋槳……喀啦喀啦喀啦……

……啪嘶……

停、停、停下來了……！

「引擎熄火啦。這在二戰時就經常發生了，更何況這玩意還是個老古董啊。」

「這果然是護式發動機。如果是十二型的譽式發動機就好了。」

「喂、喂喂喂，爺爺！像這種時候要怎麼辦啊！」

「呃~金次，你長泳拿手嗎？因為姊姊不會游泳，咱們必須兩個人一起拉著她游就是了。順道一提，天山可沒有什麼漂浮裝置。畢竟為了保護機密，這機體的設計方針是一旦落到海上就會直接沉下去了。」

爺爺沒有回答我的問題，而是像在考慮「要降落在哪一塊比較好」似地看向斜下方的浮冰群。

「鐵，本人可是會游泳囉。雖然只到二十五公尺就是了。」

「哦哦，姊姊妳也努力練習啦。」

對重新坐回位子上的雪花如此說道的爺爺，雖然巧妙地讓天山在空中滑翔……但高度計的指針還是不斷下降。現在已經到六十公尺了。

「爺爺，拜託你拉起高度啊！像是利用什麼上升氣流之類的！」

「在這種低氣壓中不可能啦！」

「這裡已經是俄羅斯的領海鄰接區上空了，再這樣下去會被雷達偵測到——」

「這裡是日本的領空領海才對。金次，立刻訂正你的發言。」

「雪花妳也夠了，現在不是去爭論北方領土問題的時候啦！要是在這種都是冰塊的海中游泳，心臟還沒麻痺就會先結凍啦。就算能夠在心臟停止的狀態下繼續游，也必須跟俄羅斯的巡邏船交戰才行啊！他們的巡邏船上可是理所當然地裝有連裝炮或是火箭彈之類的裝備喔？」

在引擎聲消失而只聽得到風聲的機內，陷入驚慌的我如此大叫。

結果大概是對這樣的我感到煩躁，雪花抖起腿來……

「——不要慌！立正站好！你這傢伙就是精神力不足！」

她大喝一聲，握起拳頭。我本來以為她要揍我，但她卻是「哈～」地對自己的拳頭吐氣後——

碰磅碰磅！竟開始搥打機內，簡直像隻暴動的猩猩一樣。

甚至連腳都在到處亂踹。

「妳、妳在做什麼啦？」

「所謂的機械就是這樣！敲一敲就會好了！」

出、出現啦！雪花的機械觀！那根本就和以前我們巢鴨家中的電視打不開的時候一樣的解決方式嘛！

「不要用那種昭和時代的理論修理機器啊！」

就在我用跟上次一樣的話叱責雪花的時候……碰磅！

雪花朝座位下方踹出特別強勁的一腳——噗嚕嚕嚕、噗嚕嚕嚕嚕嚕嚕——

……騙、騙人的吧……

護式發動機、復活了。由於雪花亂踹造成的震動。因為這玩意是昭和時代的戰鬥機，所以昭和時代的理論可以通用的意思嗎……？原來只要雙方都是昭和時代的存在，昭和人的道理就能通了……

「哦！不愧是姊姊。畢竟聽說妳以前在橫須賀，連長門戰艦的渦輪發動機都能靠踹的修好。」

爺爺讓機體恢復原本高度的同時，講起這樣的故事，讓我當場「呃、真的假的……？」地傻眼了。

然而雪花卻稍微臉紅起來，從後面輕輕推了爺爺一下。

「蠢貨，戰艦怎麼可能靠這樣踹就修好？本人才沒有放棄當人類到那種地步。」

太、太好了。原來雪花還是人類。

「本人靠腳踹修好的是二等巡洋艦，鬼怒。」

她果然不是人類！靠踹的就能修好軍艦的渦輪發動機，到底是怎麼回事啦！

天山的引擎後來依舊不時會「砰嘶砰嘶！」地發出不安定的聲響，飛行速度也減半。要是不快點找到蕾芬潔的船，預定從這個海域回到諸星汽車公司另一分隊待命的根室中標津機場的爺爺就危險了。

天山已經進入卡羯原本指示的海域上空，正在尋找那個西南方向。

可是當然不用說，大海是非常遼闊的。要從中找出一艘船，根本不可能馬上就找到——我本來還如此焦急，可是……

「發現！九點鐘方向。想必已經非常接近了。」

爺爺居然才找了短短十幾分鐘就說他掌握到敵人的下落了。接著讓天山朝左旋繞，定出明確的路徑。

我和雪花都張望著前方的海面，然而在推測應該距離擇捉島四十公里的黑暗海域上只能看到一整片結冰的大海而已。

「——在哪裡？」

雪花伸著身體仔細尋找，而我也是一樣。

可是依然看不到任何燈火或船影，只有大大小小的浮冰隨著海流蠢動，讓人感到毛骨悚然……

（……海流……）

就在這時，靠剛才雪花的腋下與側乳獲得豐富血流的我，腦細胞忽然靈光一閃。卡羯說過她感受到蕾芬潔的移動速度『以船隻來講很慢』。而那個移動手段能夠躲避俄羅斯的探查，從鄂霍次克海登陸擇捉島，大小又足夠搬運建造陣地用的建材。然後既不是飛船或潛艇，也不是飛行艇——

（——是**浮冰**……！）

在鄂霍次克海北岸附近形成的浮冰，會隨著時速約十公里的海流接近到擇捉島岸邊。那些冰塊在南下的過程中會互相碰撞、敲碎削磨而讓形狀逐漸變小。漂浮在這一帶海域的冰塊群多半也都是那樣。不過其中還是有留下幾塊讓人感覺像冰山的巨大浮冰。

我為了注視觀察那些浮冰，解開安全帶撅起屁股半蹲，盡可能擴大視野。

結果爆發模式下的視覺很快就——捕捉到特定一塊浮冰。

距離天山約十公里。表面像板子一樣平坦，是一邊長度約兩百公尺左右、像個正方形的方正浮冰。雖然其他也有類似的浮冰，但尺寸幾乎跟東京巨蛋一樣的那塊浮冰感覺形狀特別工整。

「是那塊看起來四四方方的大塊浮冰！」

我伸手指向漂流於西北方海面上的那塊浮冰，讓雪花和爺爺朝那裡注視。遠處的雷雲發出光芒時，那塊浮冰反射的光線也給人一種怪怪的感覺。總覺得在那表面好像可以看到什麼直線型的東西，要不是人為創造根本不可能形成那樣的直線。

就在天山把機頭轉向西北方的時候，流動的雷雲內部閃過一道橫向的閃電——短短一瞬間有如巨大螢光燈照亮了遼闊的海面。

「——！」

我霎時講不出話來，雪花和爺爺也驚訝得屏氣。

那塊浮冰的平坦表面上——以爆發模式下的視覺才總算能夠分辨的細微明暗色差浮現一整面的巨大**徽章**。

——卐(Hakenkreuz)字。不知是用刻鑿還是什麼方式，被畫在冰山表面。

那就是蕾芬潔的船——！

「……冰山航母……！」

雪花呻吟似地呢喃出這個陌生的詞彙。

「——本人曾經聽參謀本部的人說過，英國有一項計畫是將冰山整形，建造成一艘名為『哈巴谷』的航母。雖然跟帝國海軍特務機關猜想的船型不同，但這毫無疑問就是那玩意……！」

冰山航母——有洩漏到日本的這項計畫，想必也有被德國掌握。然後蕾芬潔在現代實現了那個計畫。

如果視作航母，哈巴谷號的大小約為一艘輕航母——像這樣親眼看到實物，就能知道「冰山航母」看似天方夜譚但其實是很現實的點子。由於是用自然形成的冰塊穿鑿而成，首先可以省去建造一般航母所需的大量鋼鐵。即使遭受雷擊爆擊造成外側多少損壞，要修補起來也比較容易。畢竟只要把海水用冷凍機凍起來貼補上去就行了。而且還能像現在那樣躲藏於浮冰群中祕密移動，只要靠到陸地岸邊也能立刻當成自己陣地，也就是橋頭堡。

這麼說來，卡羯在燕峰閣說過上校於郵件中表示『自己會從哈巴谷書，從聖經中出來』。原來那是蕾芬潔暗示洩漏了自己的據點……關於冰山航母的情報。雖然要從那種話中察覺正確答案根本太困難了，不過其實我早就有接觸到提示啦。

——哈巴谷書是舊約聖經之一，內容描述民族之間的戰爭與神的絕對性。那樣的書名竟然會被企圖引發這個世界與列庫忒亞之間的戰爭，與戰女神締結同盟的蕾芬潔拿來使用……真是不幸的命運。

納粹的航母——哈巴谷號現在正打算靠單艦侵略擇捉島——侵略日本領土。

以北方領土為背景，呈現守護那塊領土的姿態出面迎擊的，是舊日本軍的海軍機體——天山。

這可是當年軸心國成員之間時隔七十年的內訌啊。

「——本人要想對了！」

雪花簡短宣告後，為了發動爆發模式而進入集中精神狀態。把意味著『自己要進入性亢奮』的發言講得那樣毫不忌諱，雖然讓人覺得有點誇張……不過我更擔心現在那方式是否真的能夠強化雪花的能力。

然而狀況完全沒有讓我感到不安的時間。爺爺大叫一聲「會稍微搖晃喔！」之後，讓天山的速度驟減。這似乎是為了把我跟雪花放下去的準備動作，但畢竟跟哈巴谷號之間的距離已經相當接近，看來不得不採取比較亂來的入侵手段了。

更進一步地，爺爺還急速降低了機體高度，來到五十公尺——勉強不會被俄國監視網捕捉到的邊緣高度。

（嗚……！）

在激烈搖晃的天山機內，剛才已經解開安全帶的我瞬間大幅往前倒下。

結果我的臉部——朝著前方座位的雪花軍帽下方、帶有烏漆般光澤的後髮……追撞、上去……！

（……！）

在不知為何進入慢動作的世界中，我那嗅覺堪稱不輸貓狗的鼻子前端——撥開雪花豔麗的秀髮，一路往內推進。由於在進行想對而默默集中精神的雪花那頭柔軟的頭髮毫不抵抗地接納我的鼻子入內，並且彷彿溫柔覆蓋藏匿似的，一路包覆到鼻子根部。

沒有亂散開來而是把我的鼻子收入其中的滑順秀髮，一根一根都散發出清潔而帶有女性感覺的洗髮精香氣。畢竟我不是鯨魚，沒辦法照自己的意思關閉鼻孔，結果在撥開入內的秀髮中光是呼吸一口，就讓雪花頭部的氣味「嘩——」地盈滿鼻腔。

平常都會被頭髮遮蓋的頭皮是人體中皮脂腺最多的部位，也會比其他部位的肌膚加倍分泌成為身體氣味來源的成分。凜然有形的雪花雖然讓人覺得好像連一滴汗都不會流，但看來她還是個活生生的人，頭髮底下積有濃郁的氣味。不過那並不會讓人感到不舒服，反而大量伴隨有如成熟的果實般，而且莫名讓人感到懷念而安心的甘甜味道。另外還加了一味，像是加糖牛奶一樣、彷彿會勾引男人的香氣。推測可能是正在進行想對的雪花體內循環的血液所散發出來的一種費洛蒙。

我也不是什麼石頭，沒辦法不呼吸，結果把雪花的肌膚體溫蒸出的這些爆發成分氣體吸飽了整個肺部。兩口氣、三口氣。雪花平時凜然的印象與頭部這些雌性氣味之間的反差感強烈刺激我的大腦。血流、要來了……！

「——嗚……！」

我的鼻子這時往右方大幅推磨，在馨香的秀髮之中擦過雪花的側頭部；接著劃出一個半圓重新回到後腦杓，然後又往左。一時剎不住速度，結果鼻頭甚至越線到雪花的耳殼後方。兩人之間的接點一下減緩移動速度，一下又忽然加速，反覆著右旋繞、左旋繞、上升又下降的動作。即便如此，雪花因為正在集中精神，完全沒有做出任何抵抗。至於為什麼會造成這麼爆發性的事態，是因為在強風吹颳之中，爺爺激烈操縱著天山。我的鼻子就這樣把隱藏在雪花秀髮與耳殼之下的祕密香氣，毫不保留地全數揭發出來後──

──忽然被一記肘擊揍扁了。

「你從剛才就把臉壓在本人的頭上，到底在做什麼！人說秀髮是女人的生命，但這點不管對誰來說都是一樣！不要羞辱本人！」

畢竟本來就很強所以很難判斷現在究竟有沒有進入爆發模式的雪花，收回肘擊的手重新戴好軍帽──「喀啦！」一聲拉開擋風罩。

我一邊用手指把鼻子的軟骨扳回原位一邊往外看，冰山航母哈巴谷號已經近在眼前。天山雖然有減速，但相對時速一百五十公里且帶雪的強風還是掃入機內，讓雪花身上那件水手服的衣領被颳得好像隨時都要被吹斷了。

「──咱們要跳下去了！」

「祝你們好運！」

雪花和爺爺如此大喊後，關閉了動力輸出的天山靠著巧妙的活動翼操作飄然地擺出仰角姿勢……有如變成一面風箏，進一步降低速度。而且教人驚訝的是，機體高度竟然完全沒有往下掉。時速降到一百二十公里──一百公里──準備進入哈巴谷號的上空……

「從『崖陸』接到『駒陸』！」

雪花這麼大喊後，朝著虛空躍出。

在武偵高中已經接受過好幾次跳車訓練的我，也隨後跳了下去。雖然這機體速度跟以前訓練時沒什麼兩樣，但現在還要再加上五十公尺的高度。

而克服這點的招式，就是剛才雪花因為我也是遠山家的人，所以只有發出指示沒有多加說明的「崖陸」跟「駒陸」。

這兩者都是我們家戰國時代的瘋狂祖先創造的技巧。崖陸是從斷崖絕壁上跳落往下衝刺，駒陸則是從馬背上有如墜馬般往下跳，各自以超高速度衝鋒陷陣的招式。雖然現在寒冰甲板上看起來沒有敵人，不過雪花的意思應該是說，將這兩個完成攻擊後會急煞車的招式加以應用吧。

為了避免在空中交錯，我和雪花之間相隔了一秒鐘的時間，而且分別往右邊和左邊跳。兩個人由於慣性原理繼續往前，正下方的景象從黑色的海面變成了哈巴谷號白色的甲板。雖然雪結晶不斷銳利地碰撞在身體上，不過跟以前在青森的磁浮新幹線上那場戰鬥比起來，根本就和**微風**沒有兩樣。

身上的水手服擺盪得就像隨時要被脫掉似的雪花，拔出西洋刀型的軍刀，華麗地翻轉讓身體上下換位——

——啪唰啊啊啊啊——！她雙腳著地，在冰的甲板上滑動。雖然崖陸會將朝著下方的力量在體內扭轉向前方，不過正經八百的物理法則小姐才不會通融那樣亂來的事情，因此扭轉後剩餘的能量都散往兩側，使雪花左右兩邊就像雪上摩托車一樣刨起V字型的冰粒。

雪花在滑行的同時跪下一邊的腳，接著利用駒陸的煞車技巧把朝著前方的力道向量又轉向下方，並且將軍刀刺到冰的甲板上，當成輔助煞車。甲板底下透出淺灰色的巨大卐字徽章——而雪花那把和泉守兼定就好像要切開其中一部分似的，在冰上劃出一道直直的痕跡。

緊接著我也用彈出鉤爪的鞋子降落到艦上，而且跟雪花一樣在左右兩側刨出從甲板剝離下來後看起來有如鑽石的冰粒。

就這樣，雪花用了三十公尺，我用了五十公尺左右的減速距離——達成了對冰山航母哈巴谷號的強襲登艦。雖然事前就已經知道，畢竟是從低空飛行的天山跳下去，所以沒辦法使用降落傘，但這還是對身體負擔很大啊。

「哈！哈！哈！實在爽快。你的減速動作就像在滑雪一樣，很行嘛。」

說著從澀谷辣妹們學來的用語，降落於敵陣之中的雪花，臉上露出如魚得水般的表情。我則是「不論崖陸或者駒陸都對膝蓋很不好，我不太喜歡」地擺出無奈的動作。

不管怎麼說，至少雪花成功施展了遠山家的超人級招式。雖然不曉得是否完全，但看來她強化自我的爆發模式本身是有發動的。在這點上暫時可以放心了。

從雪雲縫隙間透下的星光中，四面八方「軋……軋……」地傳來浮冰之間互相擠壓碰撞的低沉聲響。或許是為了徹底偽裝成浮冰，哈巴谷號沒有發出任何像螺旋槳之類的動力聲音。甲板上除了我們之外沒有其他人影，也沒有大炮或機槍等裝備，因此天山得以像是在激勵我們似地悠悠哉哉秀出機翼上的日之丸徽章，在空中旋繞後離去。

目送天山飛向根室後，我轉身環顧巨艦哈巴谷號。現在這玩意在我視覺上看起來與其說是浮冰或冰山，還比較像是一片冰原。四周都沒看到 Focke-Achgelis 之類的艦載機或是升降平臺，可見目前並沒有當成航母運用的樣子。

「那麼即刻開始，壓制這艘航母。」

「只靠兩個人攻堅航母……簡直是瘋了。不過哎呀，我以前也有跟大哥兩個人攻堅過比這更大艘的潛水艇——或許這也是我的日常吧。」

「不要抱怨。所謂以小制大，物質數量上的差距只要靠大和魂填補即可！」

雪花挺起她雄偉的雙峰如此主張。但從前的日本就是因為那樣輸掉的啊……我雖然心中這麼想，不過爆發模式下的我很懂得講話看場合，所以不會把這種話說出來就是了。

埋在甲板底下的巨大卐字徽章從一部分觀察起來，那似乎是排列成卐字型的太陽能板。這艘哈巴谷號雖然外觀上看起來只是浮在海面上的冰，感覺很原始，但原來實際上是一艘近未來化的太陽能航母啊。

現在只要我在這裡，亞莉亞她們應該遲早能夠靠金天的能力探測到這地方並前來會合吧。

然而我也不能一直待在這冰寒的艦上等待她們到來，因此……

「上吧，那邊可以看到應該是入口的層梯。」

現在看來也只能聽從雪花的指示，立刻發動攻堅了。只靠我們兩個人。

我也靠爆發模式的視覺發現的梯子——以海軍用語來講叫作層梯——分別從甲板上的四個孔洞往下伸向內部。那些孔洞在幾乎呈現正方形的甲板上各自位於距離中心點等間隔的四個點，因此可以想像哈巴谷號應該是前後與左右都對稱的構造。換言之就是沒有所謂的艦艏，隨著海流漂流的行進方向就是前方。

我們沿著被塗成跟冰同樣顏色的層梯往下爬，來到一條寬敞的通道。這裡的牆壁與地板為了隔熱都塗有白色的木漿，唯獨天花板是金屬板，裝有一盞一盞昏暗的LED直到遠處。

艦內溫度不到攝氏十度，但對於怕熱的蕾芬潔來說這樣才剛剛好吧。然而奇怪的是像這種幾乎呈現密封狀態的艦內應該絕對必需的通風口竟然一個都沒看到，這樣肯定遲早會缺氧的。

即使豎耳傾聽，也完全聽不到一點人或物體的聲響。既然這麼安靜，剛才天山飛過這裡上空的聲音想必被聽得很清楚吧。

我隨著把軍刀架在一旁靜悄悄前進的雪花一起警戒四周，走在通道上……這條通道一路都沒有任何東西，在盡頭處直角左轉九十度後，又是接著同樣的通道。

轉彎後再走一段大約相同的距離，才總算來到一塊寬敞的空間。在那裡可以看到一臺後面裝履帶、前面裝滑雪板的……

「……是 Kettenkrad Icebell。」

上次在越後湯澤的雪山上也有看過的那臺變種 Kettenkrad 停在那裡。看來那是當成艦內移動用的工具，而我稍微摸了一下，引擎是冰的。也就是說蕾芬潔上校才不是那種遇到敵人來襲就慌張出擊的貨色是吧。

這塊廣場除了我們剛才走過來的通道之外，還有三條一樣的通道，呈現十字型。從這些通道同樣是前後左右對稱的樣子可以知道，這些途中只有一處轉角的四條通道如果從正上方看下來就是一個巨大的卐字。裝有ＬＥＤ燈的天花板上面就是太陽能板了。

「還有下層。咱們下去。」

雪花對於現場教人毛骨悚然的寂靜一點也不畏懼，走向廣場中央的螺旋階梯。

於是我也跟在她後面，來到哈巴谷號的下層……

……這裡是一間跟上層的感覺完全不同的大廳。雖然一樣很寒冷也看不到半個人影，不過房間裝潢儼然是西式洋房的交誼廳。似乎利用水泥提升了防爆性的天花板與牆壁上裝飾有酒紅色的壁紙，腳下則鋪有薔薇圖案的地毯。一張古董木製書桌上擺著一盞鍍金的銀行家桌燈，另外還有一張可供數人圍坐的圓桌。總覺得這裡看起來像傳統式的司令室，但所有東西都擺放得整整齊齊，沒有什麼被使用過的痕跡。

其中最引人注意的，是四周牆壁上掛成一圈——圍繞整個房間的七幅油畫。全部都是感覺出自一流畫家之手的納粹德國軍官肖像畫，逼真得有如照片。畫中人物全都是女性，其中一名金色長直髮，大紅色口紅，感覺個性高傲的人物讓我覺得很眼熟。或者說因為她長得跟伊碧麗塔很像，所以我很快就想起來了。在魔女連隊當成兵器庫的盧森堡那間博物館地下的司令室也有掛她的肖像畫——是伊碧麗塔的曾祖母，戰嵐魔女伊露梅莉雅・伊士特爾。

七個人物的年齡都是十幾歲後半到二十幾歲前半，身上都穿武裝親衛隊的黑色制服，配戴騎士十字勳章。不過除此之外就沒有共通點，無論身高、體型都差異很大，髮色、髮型、眼睛顏色也都各自不同。有的頭戴骷髏徽章軍帽，有的像卡羯一樣戴魔女帽，也有人沒戴帽子。一起畫進畫中的黑貓、大蜥蜴、大鵰等使魔也各自不同。

「——是以前的上校。」

雪花如此呢喃並走近的肖像畫上，是七個人之中最年輕……如果給畫家看到肯定會想要畫成作品的美少女。焦褐色帶有波浪的秀髮搭配裝飾於頭部左右側的兩朵大紅色薔薇。雖然臉色看起來遠比現在健康得多，但不會錯——這就是『祖先遺產學會之花』、第二次世界大戰當時蕾芬潔上校的外觀。這裡的肖像畫是魔女連隊創設當時的初期七名成員，而蕾芬潔是當中最後的生存者。

在這個彷彿被七名魔女注視，讓人感到很不自在的空間中……

（……？）

我爆發模式下的聽覺捕捉到了「喀哩喀哩喀哩、喀哩喀哩……」的聲響，非常微弱。從那聲音時而停止，時而加快的節奏推測，應該不是像時鐘之類的機械發出的聲響。恐怕是有人正在進行什麼作業。

「……」

我對著在房內四處走動觀察的雪花用手勢告知『有人』之後……集中注意力，便聽出了聲音的來源方向。是周圍牆上的一扇門，通往一間應該是個人臥房的房間——我放輕腳步進入房中，聽到聲音來自床邊一個古董衣櫃裡面。

我握著貝瑞塔靠近衣櫃，架著軍刀的雪花也靜悄悄地來到旁邊。

以此為暗號，我「啪！」一聲拉開衣櫃門……

「咿……！」

在掛有禮服洋裝與連身睡衣的衣櫃中——蕾芬潔的協助者，仙杜麗昂用人魚坐的姿勢躲在裡面。金髮的她抬高頭轉向我們，眼鏡底下的碧眼睜得大大的，看起來無比害怕。大概是察覺我們入侵，趕緊躲進這地方的吧。

仙杜麗昂的雙手上面覆蓋著一件毛衣，底下不知藏了什麼東西。由於她看起來沒有戰鬥能力，因此我並沒有把槍口指向她。不過……

「妳藏著什麼東西？給我看看。」

要是她藏起來的是手榴彈之類的玩意也很傷腦筋，於是我如此提出要求。

結果仙杜麗昂用一臉感覺都快嚇出尿來的哭泣表情，首先拿出握在右手的東西。是刀子——但實在不是能夠用來戰鬥的東西，而是瑞士維氏製造的瑞士刀。而且打開

的工具不是刀類，是銼刀。剛才那個「喀哩喀哩」的聲響，應該就是她用那個銼刀在磨東西的聲音吧。

「另一邊的手也拿出來。為什麼要繼續藏著？」

在雪花拿著軍刀威脅下，仙杜麗昂哭著從毛衣底下伸出左手，將握在手中的東西交給我……

——不，她竟然把東西扔進嘴裡了！

「喂……！」

畢竟她剛剛還在用銼刀磨，所以那應該不是毒藥才對，但萬一真的是毒藥就不妙了。我趕緊把仙杜麗昂的頭抱過來，抓住她的下顎。因為人類要把固態物體吞下去的時候下顎會稍微後縮，所以我阻止那個動作防止她下嚥——雪花也掐住仙杜麗昂的左右臉頰，讓她打開嘴巴。

即使仙杜麗昂拚命搖著頭、擺動手腳，讓人覺得麻煩至極，我還是把手指伸進她口中，將那東西掏出來……痛啊，她竟然咬我。

「拿出來了嗎，金次？」

「拿出來了。真是會給人添麻煩。」

我用袖子擦拭掉唾液後，看了一下那個小小的東西……

——是戒指。

從重量可以知道，材質是鐵。內側有金屬互相摩擦留下的很多細小痕跡，而且剛才仙杜麗昂在亂動抵抗的時候從領口彈出了一條細鍊子，可見這戒指平常應該是被她當成項鍊的墜子掛在脖子上的。

然後這個像大學畢業戒指的形狀——

（……『N』……！）

雖然材質不同，但是就跟我以前在東京灣從茉斬手中搶來的銀戒指一樣。戒指表面像硬幣的部分有個N字，是由三把鑰匙構成文字的三條線。茉斬的戒指因為這個部分被我開槍擊中所以變形了，不過尼莫的帽徽就是跟這個設計完全一樣的『N』。身為蕾芬潔的協力者同時也是資金來源的仙杜麗昂——原來是N的成員……！

然而——

這枚戒指有些奇怪的地方。從N的大文字延續到圓環外圈的文字列跟茉斬那枚戒指不一樣。雖然仙杜麗昂剛才就是想要削掉那些文字，但還是來不及全部削完，留下了『…The 4th』與『Nav…』共九個文字。

茉斬的戒指上是『Nemo Nautilus』十二個文字以等間隔刻在外圍，沒有其他文字。但仙杜麗昂的戒指上剩下的這九個文字間隔更短，如果以此倒過來推算，原本應該有二十四～三十六之多的文字。

Nemo是尼莫的名字，而Nautilus（諾契勒斯）——在拉丁語為『鸚鵡螺』之意的單字是N的組織名稱。關於諾契勒斯是組織名字的事情，古蘭督卡有親口證實過，時任茉莉亞也有從CIA成員——關的腦中讀出來。換言之，所謂的『N』應該是從Nautilus的第一個字母取來的隱密稱呼才對。

然而這枚戒指上留下的文字是Nav，不是Nautilus的前三個字母Nau。The 4th更是讓人搞不懂意思。N的成員們身上都會戴著只有材質上不同的同型戒指，如果以公司來比喻，那應該就像是員工證一樣的東西。可是茉斬與仙杜麗昂的戒指上相當於公司名稱的『諾契勒斯』標記竟然不同，這很奇怪。

就好像知名品牌寶格麗的商標是寫成Bvlgari一樣，在古代字母中v和u是同一個文字。因此諾契勒斯的組織名稱拼法有Nautilus跟Navtilus兩種……或者是他們過去曾經把組織名稱的拼法進行小幅改變，而茉斬和仙杜麗昂加入成員的時期不同……這些推理雖然都可以講得通，但是有點牽強啊。

「仙杜麗昂，雖然妳似乎是民間人士，但既然妳在敵艦上，便視作軍屬，抓為俘虜——然而現在我方就算抓了俘虜也無人力監視，故在此直接槍殺。做好覺悟吧。」

雪花對臉色蒼白的仙杜麗昂完成搜身之後，有點故意地拿起軍刀嚇唬對方。結果——

「咿咿咿！詛咒之男，詛咒之女，我並沒有能夠和你們交手的戰力！要、要我做什麼都可以，拜託你們不要殺我！不要殺我啊啊啊！」

連眼鏡都歪到一邊的仙杜麗昂已經往後退到背部都貼在衣櫃上，拚命向我們求饒。我是不曉得魔女連隊到底跟她講了些什麼啦，不過看來她似乎覺得我們是非常恐怖的怪物呢。

「雪花，我身為日本人要跟妳說，這裡是擇捉島海域——是日本領海內，適用日本的法律，因此只要我在這裡，就必須遵守武偵法第九條。換句話說，不能殺人。來，仙杜麗昂，妳出來吧。」

我溫柔地抱著仙杜麗昂的肩膀，要將她從衣櫃裡帶出來……可是她卻抓著掛在衣櫃裡的禮服，怎麼也不肯放手。到最後還是雪花揪住她的衣領強硬一扯，把她連同洋裝一起拉出衣櫃了。

仙杜麗昂用小鳥坐的姿勢癱坐在禮服當成的地毯上，而表情嚴厲的雪花與表情溫和的我低頭看著她——一方負責威脅，一方負責安撫，發揮出從日本軍時代一路繼承到現代日本警察的傳統訊問手法聽取情報。

「不想死就乖乖招供，這艘艦上除了妳跟上校之外還有什麼人？」

「沒、沒、沒有，什麼人都沒有。」

「這麼巨大的一艘冰船，只靠妳跟蕾芬潔兩個人在操縱嗎？」

「是、是的。與其說操縱，其實也只是讓它隨著海潮流動而已。雖然在冰塊中建造甲板時有請魔女連隊的哥本哈根分部派人來幫忙，不過後來就是讓它在無人狀態下漂流。然後我和蕾芬潔大人從日本搭乘 Focke-Achgelis 飛過來登艦後，蕾芬潔大人就讓 Focke 上的隊員們解除任務，飛去北韓了。所以現在這裡只有我們兩個人，我是說真的，真的！」

被雪花拿著軍刀嚇唬而擔心自己隨時會腦袋搬家的仙杜麗昂為了保住小命，不停地講，不停地講，連我們沒問的事情都講出來了。看來就算是N，最基層的鐵指環成員中也有人才素質低落的問題呢。

「為何上校要屏退人員？」

「我、我也不曉得。利用哈巴谷號的侵略行動中大部分的步驟，都只有蕾芬潔大人自己知道而已。我想那應該是為了不要讓情報被洩漏出去吧。嗚嗚。」

根據雪花的洞察能力與我的觀察能力雙重確認，仙杜麗昂看起來應該沒有在撒謊。而且這艘冰山航母中也確實感覺沒有人，應該注意的蕾芬潔似乎也不在這層甲板的樣子。

因此我判斷現在應該可以稍微多花一點時間，從仙杜麗昂口中問出關於N的情報——

「仙杜麗昂，妳是N的成員對吧？」

我亮出戒指如此詢問。仙杜麗昂頓時露出「果然要問這件事」的表情，臉色發青地緊閉起眼睛，氛圍上感覺會乖乖跟我說的樣子。不過要她馬上回答似乎也很勉強，畢竟她的表情看起來都有點想吐了。這下需要一點時間讓她鎮定下來才行。

「——N是什麼？」

雪花這時對我如此詢問，於是……

「企圖將列庫忒亞的人帶到這個世界的，並不是只有蕾芬潔而已。一個叫N的國際性恐怖組織也打算要大規模引發那樣的現象。當初跟妳交換回到那邊的一個叫恩蒂米菈的列庫忒亞人以前就受過N的照顧。」

「……這樣。」

「N的領導人是亞莉亞的曾祖父終生的對手，名叫莫里亞蒂。另外還有一個領導人——是名叫尼莫的女性，跟我有聯繫。」

我一方面為了向仙杜麗昂顯示自己對N的理解，簡短說明了關於N的事情以及自己跟N之間的關係……結果……

「你說的聯繫是什麼聯繫？關於這點好好說明清楚。那個叫尼莫的是個美女嗎？」

雪花忽然垂下嘴角，對莫名其妙的部分追究起來。

「我跟她雖然是友好關係，但還不到暗通的程度。她與其說是美女，應該說是可愛的女孩子。」

「你們為什麼會成為友好關係？」

「現在那種事情不重要吧？講起來會很花時間啦。」

「那就花時間講清楚！」

總覺得……雪花好像在生氣的樣子。話說她的軍刀前端是不是指著我的方向啊？

「在N的成員面前沒辦法講那種事情啦。話說現在應該進行說明的人不是我，是仙杜麗昂才對吧？」

我使出轉移話題大法，結果雪花就表示「那麼關於你跟尼莫的事情就等事後再問」，而暫時收起矛頭了。不過——

仔細想想……其實我應該更早注意到蕾芬潔就算跟N之間有所聯繫也不奇怪才對。就算之前沒有發現將兩者之間連接起來的人物或狀況等線索，畢竟那雙方都是企圖打開列庫忒亞之「門」的不法之徒。N——至少可以確定尼莫派的人——想要讓列庫忒亞人移民到這個世界的目的，與蕾芬潔想要藉由與列庫忒亞人的戰爭促使人類進化的目的，兩者到打開「門」的步驟為止必須做的事情是一樣的。

因此N透過仙杜麗昂對蕾芬潔提供了支援。蕾芬潔的資金來源其實並非卡羯所推測的新納粹主義者，而是N啊。

被雪花重新用軍刀指著的仙杜麗昂接著……

「……是的……我是N的成員之一。說到底，當初把蕾芬潔大人召喚回來的就是我們N呀。」

雖然今後可能會遭到N肅清，但她大概是覺得總比現在被雪花殺掉來得好，於是關於這點也乖乖說明起來了。

「N為了大移民（Engage）做準備，長年來將各種人物從那一側送過來，或者反過來送過去。每個來往的人物都分別負責了留學、教育、傳訊、間諜或雙面間諜等等任務工作，而來往行動都是在教授的計畫下組織性、階段性地進行。雖然我對那術法並不是理解得很詳細，不過據說在來往兩處時必須保持質量、時空、粒子和波動……？等等要素的平衡，而那個計算只有教授能夠辦到。因此所有的召喚或遣送都是在教授的指示下進行的。」

這下——真是幫上大忙了。

關於從敵方組織的成員口中能夠套出多少有益的情報，會根據對象而有大幅的差異。我至今接觸過N的成員中，有不願透露甚至還會撒謊的茉斬，對於組織內情知道不多的古蘭督卡、沒辦法講話的墨丘利、語言和文化上造成溝通障礙的瓦爾基麗雅等等——以訊問對象來講通通都不是好人選。唯一只有尼莫算是比較好的對象，而這個大嘴巴的仙杜麗昂可以說是中大獎了。一直以來都很神祕的N，其內幕現在一口氣被揭開啦。

「蕾芬潔大人並沒有加入N，是只有在目標上與N一致的部分互相提供協助的契約者。N的資金便是因此經由我流入魔女連隊，讓她們幫忙建造了這艘哈巴谷號。」

N知道了蕾芬潔在列庫忒亞的事情，並且大概是利用他們派去列庫忒亞的手下得知了蕾芬潔有意要將「門」打開。所以N為了開「門」，將蕾芬潔帶回了這個世界。

然後我也逐漸看出在背後安排這一切的教授——莫里亞蒂是個什麼樣的人物了。

莫里亞蒂這個人——是個凡事不會親自動手，而是靠指示操縱別人的類型。始終只會在背後牽線，使事態得出自己所願的結果。之前以貝瑞塔·貝瑞塔為起點，利用條理預知的蝴蝶效應促使事態發展的時候，他也是靠著這樣的手法。

那傢伙能夠巧妙掌握別人的意志，並利用那個意志讓對方分擔起自己計畫的一部分。讓原本流浪的茉斬進行戰鬥，讓夢想為超自然的女性們創造一個平等世界的尼莫為自己工作，又讓企圖打開列庫忒亞之門的蕾芬潔能夠將門打開。這些事情之間其實各有聯繫，在唯有莫里亞蒂本人才能看到全貌的某種宏大計畫之中各自分擔了一部分的任務。而那個計畫恐怕比跟列庫忒亞之間的戰爭更加危險。

換言之，雖然這種事情我早就知道……不過莫里亞蒂的腦袋真的很好。畢竟連尊稱都是「教授」嘛。彷彿在跨越了時空的棋盤上操縱棋子般控制別人的行動，對於高中退學的我來說，即便是進入爆發模式也辦不到這種事啊。

然而腦袋聰明的人也會有天敵，就是靠理論無法通用的人。會將棋盤整個翻掉，使對局無效的笨蛋。會想要出手妨礙骨牌倒下的白痴。會改寫條理劇本，使理論之間的聯繫出現破綻的——化不可能為可能的人物。

蕾芬潔所策劃的「召喚戰女神」及「與列庫忒亞發動戰爭」這兩枚骨牌雖然巨大……但我們還是要阻止。我們必須阻止才行。靠我跟雪花的力量。

「現在，妳首先去讓這艘哈巴谷號停船。」

雪花拔出十四年式手槍，把槍口用力抵在仙杜麗昂的胸口上如此下令。

「痛、痛呀！我、我辦不到，辦不到的！這艘艦沒有所謂的動力，只會隨著潮流漂到擇捉島靠岸而已……！」

「漂流靠岸後又要如何？本人可是聽說妳們打算要創造自己的領土啊。」

「蕾……蕾芬潔大人說過，她要利用這艘哈巴谷號**改變世界**，創造與她結盟的庫洛莉西亞大人……也就是女神大人所喜好的環境。說要把她召喚出來之前，先擴張我方的領土……」

改變世界，使環境適合列庫忒亞的人——這是N也在做的事情。

莫里亞蒂就是在對世界各國的情勢賦予條理蝴蝶效應，企圖使人類文明倒退。從互相融合的國際化時代倒退至孤立主義與對立的時代。甚至打算以顛倒的順序引發第二次世界大戰及第一次世界大戰，使人類文明退回近現代，甚至中古時代的水準。這是因為列庫忒亞的科學文明就是在那個階段——我是由於阿斯庫勒庇歐斯喜歡阿尼亞斯學院的環境而進行推想，亞莉亞也靠直覺知道這點——也就是像奇幻類遊戲的世界水準，所以想要讓這邊的世界配合對方的等級吧。

同樣地，蕾芬潔似乎也打算利用這艘哈巴谷號進行整地工作，調整這個世界的**某種東西**配合列庫忒亞。而且還是以世界規模進行調整。

可是……

「……這艘哈巴谷號確實很大，但以世界規模來看終究只是一塊冰而已。怎麼想都不可能辦到『改變世界』那麼誇張的事情。到底是打算怎麼做？」

我如此詢問仙杜麗昂。

畢竟就算把漂流靠岸的冰山當成據點，到春天冰塊就會融化了。即使捨棄冰山登岸擇捉島，那也是一塊很敏感的土地。只要俄軍來襲，不管蕾芬潔有多強，孤軍奮戰終究不會有勝算。

如果要為了列庫忒亞的戰女神改變世界，擴展一塊堪稱『領土』的土地——哈巴谷號實在太小了。再說，她們只有兩個人，不可能辦到什麼國家等級的侵略行動。

「要怎麼做……其實我也不清楚。不過據說只要幾個月的時間就能壓制那座島嶼，到了明年就能擴展到北海道，後年就能掌握整個遠東了……」

仙杜麗昂雖然不清楚要採用的手段，卻說得好像真的能辦到那種事。

「——關鍵的內容妳都不曉得是吧。那麼咱們就直接去問蕾芬潔上校。站起來！」

雪花抓著仙杜麗昂的脖子，讓她起身後——

「畢竟我只有搭過三次航母而已，就麻煩妳幫忙帶路囉。」

爆發模式的我如此說著，溫柔地幫仙杜麗昂將眼鏡重新戴好了。

仙杜麗昂雖然個性膽小，不過似乎是很懂得放棄的類型……於是她乖乖聽話，為我們帶路。

在交誼廳有一個通往下層的樓梯，鋪著用黃銅桿子固定住的深紅色地毯。從那個樓梯以下的空間就連天花板的電燈都裝上了模仿花朵外觀的華麗燈罩。如果把最上層甲板當成地面一樓，我們現在來到的就是相當於地下三樓的甲板。在一面紅底搭配金色錦緞花紋的牆壁上，可以看到一扇槲樹木材的華美門板。

「這裡就是艦長室……蕾芬潔大人的起居室。」

被雪花用手槍抵住的仙杜麗昂小聲如此說道——於是我小心翼翼打開門……卻發現裡面沒有人。在玻璃水晶吊燈照耀下，只能看到應該是一九三〇年代古董的裝飾性家具。

我稍微失禮一下，摸摸椅子的坐墊及床鋪表面，但溫度都跟四周的氣溫一樣。看來在天山來到這裡之前，蕾芬潔就已經不在這裡了。

「上校在哪裡？妳要是敢動什麼歪腦筋就試試看！」

個性急躁的雪花如此逼問仙杜麗昂，結果……

「——下、下面還有樓層呀！或許是在那裡。我想那裡應該有個很大的大廳。」

仙杜麗昂回答得有點模糊。

「妳說『我想』是什麼意思？妳自己沒有看過那間大廳嗎？」

我這麼詢問後……

「我、我沒有實際去過比這裡更下面的樓層。我獲得許可的移動範圍只有到這個樓層而已。所以我只是從艦內的平面圖看過下面的構造。」

所以拜託你們到這邊就放我走吧。雖然仙杜麗昂露出似乎在如此哀求的眼神，但雪花一點也不吃她這套……

「繼續帶路，別拖拖拉拉。十四式手槍的扳機可是很鬆的。」

又用手槍抵著仙杜麗昂，走出了房間。

通往更下層的樓梯——一反剛才那一層豪華的感覺，無論牆壁或地板都是冰塊裸露的狀態。而且那冰塊是完全沒有空氣縫隙的透明冰塊，看來應該跟因紐特人住的雪屋一樣，是刻意反覆些微融解再結冰的手法增加了強度的東西。

樓梯地面很滑，穿緊身短裙的仙杜麗昂好幾次摔到屁股都跌坐在地上，讓人不知道眼睛該往哪裡看才好。周圍的溫度也降到攝氏零度左右，使我們吐出來的氣息變得好白。

雖然這裡的天花板變為沒有裝照明燈，不過周圍的冰會微微發亮。越往下走亮度越強，因此可以推測這應該是下層的光透過冰塊照到上層來的。冰造的階梯變得就像分光稜鏡一樣，往四周照出色彩。紅色、黃色、綠色、藍色、紫色——這景象看起來美麗，也教人覺得毛骨悚然，簡直有如什麼異次元空間。

就這樣往下走了很長一段距離……冰塊樓梯最後結束在一個像是牆壁上開了一個嘴巴的場所。這裡應該就是仙杜麗昂所說的大廳了吧。然而這個嘴巴並不是與地板等高的出入口，而是開在大廳半球形天花板側面的橫洞。

從這裡看到的景象，讓似乎真的沒有來過這裡的仙杜麗昂瞪大眼睛——我和雪花也頓時講不出話來。

樓梯出口接續的這塊沒有地板的空間中，是放眼望去是一整片青蔥茂密的枝葉。

雖然乍看之下很像田地，不過從這場所的高度推斷，這應該是什麼巨大樹木的頂部吧。而我們是從斜上方來到樹木的樹冠。

沿著洞的邊緣往上看，可以發現廣闊的冰塊天花板埋設有大量的電燈，照耀的光芒有如夏季的太陽般耀眼——那應該是放射出對植物的光合作用有效的四百∫七百奈米波長光的水銀石英燈吧。光線強得彷彿把裝在甲板的太陽能板所製造的大半電力都耗掉一樣。

「……這裡是什麼地方？快回答。」

「我、我不知道。我真的不知道呀……！」

雪花與仙杜麗昂如此交談的時候，我則是觀察了一下稍微入侵到樓梯空間來的樹枝──那葉片是二回羽狀複葉，看起來有點類似蕨類，不過我輕輕碰一下就會像含羞草一樣垂下去。雖然也有點像合歡樹的睡眠運動，但我可沒聽過有樹木的葉子會在短短幾秒鐘就合起來的。另外還有跟以日立集團的廣告出名的雨樹所開的花形狀很像的花朵，但尺寸異常地小，顏色也不是紅色或粉紅，而是綠色的。

「……這恐怕是來自列庫忒亞的樹木吧。雖然跟雨樹很類似，但很多細節部分不一樣。」

我說著，放開樹葉。

殘留在手指上的氣味就跟一般的葉片一樣帶有青草味。也就是說列庫忒亞的樹木大概同樣擁有葉綠體，會進行光合作用，吸收二氧化碳排出氧氣，基本構造跟這個世界的樹木一樣吧。

「蕾芬潔上校肯定就在這棵雨樹亞種的下面。這下要怎麼做？」

「……沿著樹木下去。上校應該也是那樣從這裡下去的吧。」

對我這麼表示後，似乎來到戰場，腦中就只會剩下「前進」與「攻擊」兩個指令的雪花便──朝著斜下方的一根較粗的樹枝跳了過去。畢竟如果一口氣三個人都壓上去，搞不好有些樹枝會撐不住，因此打算把仙杜麗昂也帶下去的我，就留下來稍微等一下了。

雪花的爬樹……或者應該說下樹？的技巧意外高竿，一路很輕盈地從一根樹枝移動到下一根樹枝。只不過她的動作……由於是在樹枝間移動的關係，有時候必須抬高膝蓋把腳掛到下一根樹枝，或者甚至全身上下顛倒。結果感覺老是會從各種角度看到她的裙下風光，因此我每次差點看到就會把視線別開或是閉上眼睛。堅決保持紳士的態度，不要看到那對健康苗條的大腿之間的景象。

接著……

「簡直就像傑克與魔豆呢。那麼我們一起下去吧。請過來。」

我想說要背著仙杜麗昂下去，可是……咦！她不見了。

回頭一看，仙杜麗昂正趴在呈現迷幻彩虹色的冰塊樓梯上往上爬——快要消失在上一層了。樓梯上只留下她不小心脫掉一邊的閃亮亮包頭鞋。

……糟了。我為了不要看到雪花的裙底風光而自我限制視野，反而讓仙杜麗昂趁機逃掉了。

話雖如此，不過反正關於N的情報已經問出來了——而且面對那個冷酷的蕾芬潔，就算抓個人質也沒有意義吧。現在比起去把仙杜麗昂追回來，我想自己應該也快點跟著下去，避免繼續跟雪花分散戰力比較好。

（沒想到爆發模式的紳士態度卻招致這樣的結果呢。）

我苦笑一下後，抓住樹枝開始往下爬。畢竟這地方冷得要命，這下剛好可以讓我動一動身體了。

我一路手腳並用，從一根樹枝移動到下一根樹枝，每次幾十公分地往下爬……結果到某個高度以下就沒有樹枝了。這棵樹果然是形狀跟雨樹很像的常綠高木。在已經沒有枝葉遮蔽視野的下方，可以看到一整片色彩繽紛又種類多樣的植物……有如把花園與叢林混在一起似的，呈現出異樣的空間。

從我站的地方到下面的草叢約有七公尺的高度。從甲板到這裡的垂直距離、從天山看到哈巴谷號的大小、冰山的體積有百分之八十九都在海面底下，透過這些數據計算起來——這個大廳應該占掉了冰山航母內部三分之二的空間。換言之哈巴谷號的構造就像一個外殼很厚的蛋，而裡面裝的就是這些植物群了。剛才那些通道或交誼廳等等空間，其實都只不過是在上方的殼挖出來的附加區域罷了。

我利用前陣子剛修好的腰帶繩索從樹枝垂降到花草層，和早一步先下來的雪花一起環顧四周……這地方並不是為了園藝或農耕而造的空間。花草、矮樹、藤蔓、巨樹等等植物都雜亂無章地到處茂密生長。

「簡直就像植物學庭園的園圃啊。」

「如果真是那樣，我倒希望能稍微根據種類分區整理一下，並且插個什麼解說牌之類的呢。」

雪花和我之所以會有這樣的感想是因為——不只剛才那棵大樹，在這裡的植物盡是我沒看過的種類。要講起來可以說全部都是新種，雖然其中也有跟已知的樹木花草很像的種類，但大小、形狀或顏色等等不一樣。簡直有如電影《風之谷》中出現的腐海景象，只不過在這種冷得要命的叢林中根本沒有什麼蟲子就是了。

更教人驚訝的是，這裡的花草樹木是扎根於冰塊之中，甚至還有像花冰一樣開在天花板或牆壁冰塊中的花朵。如果是苔類或藻類就算了，不可能會有高等植物能夠這樣直接生長在沒有土壤的冰塊上啊。看來這些也都是蕾芬潔從列庫忒亞帶到這個世界來水耕栽培——或者說冰耕栽培的植物。

「仙杜麗昂哪裡去了？」

「抱歉，她趁我稍微不注意的時候逃掉了。就像灰姑娘一樣只留下一邊的鞋子。」

「這個蠢貨，居然沒有好好盯著俘虜。不過……反正她在這裡應該沒辦法為咱們帶路，而且既然有俄羅斯在監視，應該也逃不到哪裡去，就放著別管吧。還有，仙杜麗昂(Cendrillon)跟灰姑娘(Cinderella)是同一個名字，只不過是法語念法而已。」

「呃，是這樣喔？」

姑且不管是真名還是假名，原來她也跟童話故事有關係啊。雖然身上穿的衣服既不是破衣裳也不是禮服，不過臉型或身材之類的部分說起來好像確實有那種感覺。

「現在重要的是，金次，這裡的植物恐怕是蕾芬潔上校原本為了提供給納粹德國而收集帶來的東西。舉例來說，像這個。」

雪花說著，從生長在她腳邊的一種看似麥類的植物中拔起一根給我看。

「這個叫瑪那雷納，是來自玲的穀類，不只土壤，就算在冰上也能生長。在那邊雖然有一部分的人種會把這當糧食，但對於人類來說因為無法消化，所以跟雜草沒有兩樣。然而這東西的繁殖力極高，會侵占其他禾本科植物……像稻米、小麥、玉米等植物的生長土地。想必上校原本的計畫是利用這個破壞美蘇的穀倉地帶。要講起來，這就是一種**植物兵器**。」

聽到她這段話——我才總算注意到一件事。

也就是蕾芬潔上校企圖利用這艘小小的哈巴谷號發動的「改變世界」攻擊的真相。

植物這種東西只要稍微撒一點種，就會自己繁殖擴展生長範圍。像從前的大航海時代以後，世界各地都有觀察到由於人類運送了少許的植物結果造成整個生態系陷入混亂的現象。也就是所謂的侵略性外來種。

外來種的問題雖然比較常聽到的是，像浣熊或紅火蟻等等動物或昆蟲的狀況，不過其實植物也同樣會發生。就像日本原有的蒲公英品種正逐漸被西洋蒲公英驅逐，或者反過來像是日本的葛類散播到美國、海帶類散播到大洋洲和歐洲的海洋，結果取代了當地其他的花草或海藻類植物，而且這些外來種的植物都已經無法根絕了。

要是這個瑪那雷納扎根於擇捉島，然後從那裡向外擴散——全世界的稻田或麥田都會化為整片的雜草原。到時候人類想必會遭遇史上最悽慘的饑荒，各地為了搶奪食物而爆發戰爭，讓文明大幅倒退。蕾芬潔的這項大規模攻擊計畫雖然沒能趕上第二次世界大戰，不過卻符合現在莫里亞蒂的目標。

而且不只是瑪那雷納，這裡還有其他好幾十種來自列庫忒亞的植物。這些物種一旦扎根，這個世界的生態系就會完全改變，釀成難以挽回的局面。

這就是蕾芬潔計畫的侵略行動。據說和她結盟的那個叫庫洛莉西亞的女神大概是需要有這些植物生長的環境吧。因此蕾芬潔打算預先準備好那樣的土地，也就是領土。將這些植物散播到日本……！

「這是會覆蓋在杉類或檜類樹木上使其枯死，然後自己也會跟著枯死形成一片荒地的寄生植物比米洛。這個花是結成果實爆開後會散出有毒花粉的利別諾拉。其他也盡是極其有害且生命力頑強的植物，絕對不能讓它們登陸！」

用軍帽下的眼睛瞪著這些花草的雪花，聲音中帶有非常急迫的感覺。

從卡羯推估的時間算起來，距離哈巴谷號靠岸擇捉島只剩下恐怕不到四個小時。

在那時限之前必須把眼前這些茂密繁多的植物全部都處分掉才行。動作不快一點就來不及了……！

4彈　第七種爆發模式

必須把這裡的所有植物都根絕掉。彷彿是讀出了我和雪花心中這樣的想法似的——

「——如何？是不是很美呀？」

從列庫忒亞的植物群後面，傳來楚楚可憐的聲音。

「是上校。必須把她抓起來才行。就算現在把這裡的植物全部砍光，要是讓她帶著種子或幼苗逃掉，只會反覆同樣的事情。」

雪花拿起軍刀——「唰！唰！」地劈開到處綻放紅色花朵的荊棘叢，走向聲音傳來的方向。而我也拿出短刀，跟在她後面。這些荊棘不但刺很大，枝葉又像金屬一樣堅硬，簡直有如草葉形成的帶刺鐵絲網。

「玲的野生帶刺植物——皮拉烏的花粉具有催眠效果，小心別吸到了。」

雪花把武偵高中水手服的領帶包住嘴巴，我也把男生制服的胸前口袋會放的手帕拿出來當成口罩。這些布料都具有防塵功能，不會讓花粉大小的物質通過。

我們就這樣繞過大樹的樹幹，最後來到的是——

一處被植物圍繞的小廣場。

在廣場深處，冰製的牆邊……有一張黃銅製的寶座，而穿著黑色制服的蕾芬潔就坐在上面。

讓裝飾有花朵的焦褐色頭髮散開在地板上，用軍帽底下凹陷的雙眼看向我們的上校……

「呵呵……Sieg Heil（勝利萬歲）。」

從掛在左右兩側冰牆上的卐字旗中間輕輕舉起右手，姑且向我們打了聲招呼。然而大概是已經不把我們當自己人了，她完全沒有從椅子上起身。

牆壁的冰塊中以及寶座兩側的叢林——蕾芬潔周圍綻放著五顏六色的花朵。其中也有或許是含了**Hispidin**而會發光的花，那些花所放出的紅、藍與綠色光芒混合成的白光將蕾芬潔照得充滿神祕感。

不只是花而已，另外也有結了好幾顆帶刺栗子果的樹木，每顆栗子果的直徑都有五十公分左右。還有葉片的形狀像圓鋸，而且綻放金屬光澤的樹叢。上次在雪山追逐**Kettenkrad**的時候試圖咬過我的食人草——蘇伊莫亞也在那些樹叢中若隱若現。看來還是別貿然靠近比較好。

「——小心點，上校的頭髮和這裡的植物們連結著。她恐怕可以隨心所欲地操控這些花草。」

聽雪花這麼一說我才發現，蕾芬潔那一頭長髮和地板上密密麻麻的樹根或藤蔓到處纏繞在一起。那模樣簡直有如透過大量針腳連接植物裝置的ＣＰＵ。

「如何？『我』是不是很美呀？」

蕾芬潔張開雙臂，加上一個「我」字重複剛才說過的話。

這句話聽起來就像在肯定雪花剛才所講，宣告現場包圍著我們的這些危險植物全部都是自己的一部分。

——意思是說，蕾芬潔現在已經不是那個只有瘦弱身體的少女了。

「我是不否定啦，不過俗話也說紅顏薄命喔？」

我除了右手的貝瑞塔之外，左手也拔出沙漠之鷹。

「科隆的賣花女，這些花可不能賣啊。」

雪花也是左手握著十四年式手槍，用右手的軍刀指著周圍的花草這麼說道。

「花就是我，我就是花。我怎麼可能會賣掉自己？其實根本不需要經由人手，只要有風、有水、有大地……有這些大自然，我就能散播到任何地方，隨處綻放。然後遲早有一天，我將會遍布所有的大陸。」

蕾芬潔露出彷彿望著遠方的眼神，如此回應我和雪花。

要是她的這些植物被散播出去，就真的連搬出核武都無法完全撲滅了。因此必須在這裡阻止她才行。

「蕾芬潔，妳已經徹底被玲附身了。」

「不是被附身，我是締結了盟約。在列庫忒亞，與庫洛莉西亞——花的戰女神們。」

看來就好像女武神「瓦爾基麗雅」一樣，花的女神「庫洛莉西亞」也是個人名稱兼種族名稱，是在列庫忒亞掌管植物的女神們共通的稱呼吧。

「第三次接軌後，威澤路芙、菈米耶利亞、葛德洛妮可——列庫忒亞的眾戰女神們想必會在這邊的世界開始競爭勢力範圍。而我就是要搶在那之前先準備好能夠讓庫洛莉西亞們扎根的土地。庫洛莉西亞喜好競爭，能夠操控環境，持續促使人與人、神與人、神與神之間永無止境的戰爭。如此一來就能達成元首命令第二十四號，為生命帶來永遠的進化。」

……她試圖讓世界退回到戰爭時代的思想，跟莫里亞蒂試圖讓文明回到過去的目標一致。然而在她剛才這段發言中，也有跟N的意向不合的部分。

「蕾芬潔，我已經知道妳跟N——諾契勒斯(Nautilus)私下合作的事情了。但妳肯定只是被對方利用而已。N的提督尼莫說過，他們的目標是讓這個世界的人類與列庫忒亞人能夠共存。也就是說，妳企圖引發的戰爭，到時候想必會被莫里亞蒂阻止。就在『門』被打開，讓妳變得對他們來說已經沒有利用價值的時候。」

我說出以前從尼莫口中聽來的話，試著讓蕾芬潔改變主意。

然而她卻只是用一聲冷笑回應我，接著……

「——原來如此，你並沒有真正理解那些人的想法呀。」

她這句話聽起來好像N其實另有目標的樣子。

「什麼意思？」

「你以為我會講嗎？」

蕾芬潔雖然不願告訴我詳細內容，但她的聲音中帶有自信。

難道尼莫在無人島上發自內心告訴過我的夢想——『讓超自然存在的女性們移居到這邊，創造一個對超能力者不會有歧視的世界』，其實跟N的目標不一樣嗎？不，尼莫可是金戒指，是領導人等級的人物。領導人的目的不可能會跟組織的目標不一致才對。

然而就算我想問出這點，蕾芬潔肯定也不會講。就算她真的講了，在這種雙方敵對的狀況下告訴我的情報可信度也幾近於零。因此問了只是浪費時間而已。

蕾芬潔似乎也認為現在跟我講那種事情沒有意義，於是把視線移到雪花身上——

「大日本帝國海軍中校，遠山雪花，我再一次邀請妳。和我一同回到從前那個正確的時代吧。妳不是也向全世界發表過妳的主張，認為現在這個時代是錯誤的？現代墮落的日本與德國，已不再是原本強大而美麗的樣子。妳就與我一同向日本、德國以及全世界發動攻擊，為人類的進化奠基吧。」

在大量花朵的圍繞中，蕾芬潔對雪花如此說道。

那態度有如花的女神對自己選上的人授予啟示一樣。

相對地，雪花則是把軍刀筆直地舉向蕾芬潔……

「——納粹德意志第三帝國軍西方大管區，魔女連隊所屬，蕾芬潔上校。本人認定妳為在玲之地出現脫序狀況之存在，故本人將依循軍令予以肅清，並湮滅這艘航母上所有來自玲地區之植物。這即是——玲號作戰的最終行動。上校，做好覺悟。妳剩下可走的路只有一條，就是抱著榮譽而死。這裡即是妳的死地，乾乾脆脆與我一戰而逝吧。」

她毫不隱諱地對蕾芬潔發出了殺害宣告。明明我已經好幾次叫她不要那樣的說……

「……雪花，拜託妳不要講那種像強襲科（去死去死團）一樣的發言好嗎？蕾芬潔妳也用不著交手，只要妳現在乖乖投降並處分掉這些植物，我就會溫柔一點逮捕妳。而且妳也就有接受法庭審判的權力。」

我對雪花擺出「別這樣、別這樣」的手勢，並溫和勸說……但蕾芬潔卻對那樣的我和雪花嗤之以鼻。

「你們能夠找到並抵達這艘哈巴谷號確實了不起，我就稱讚你們吧。但你們很快便會明白，來到這裡是一項錯誤的決定——可惜，真是太可惜了。雪花，我並不討厭個性純真又高尚的妳。身為戰友，我本來希望能夠與妳一同繼續參與那場戰爭。然而我和妳長達七十年的關係看來也到今天為止了。剩下的事情就交給我。永恆的續戰——這場永遠不會醒來的夢，由我獨自一人繼續夢下去吧。直到這條命的盡頭。」

在兩面卐字徽章旗中間，鮮花襯托的蕾芬潔如此表示……雪花則是搖一搖頭。

「從夢裡醒來吧，上校。那場戰爭早已結束了。」

「還沒結束。戰爭不會結束。只要這些花朵還綻放著——」

在久遠的過去曾經是同伴的這兩人，有如領悟這場戰鬥已命中註定無可避免似地交換視線。

「——金次，接下來你別出手。這魔女是納粹的亡靈。身為過去曾與這樣的惡黨聯手合作的罪人，就由活在同一個時代的本人來收拾她。」

雪花的態度彷彿在說，自己是曾與納粹德國結盟的大日本帝國最後的生存者，自己埋下的禍根要由自己親手剷除。

然而要是這樣下去，雪花與蕾芬潔的戰鬥將會持續到除非其中一方、甚至雙方都喪命，否則不會結束。

畢竟戰爭時期的人只會靠廝殺到你死我活才能分出勝負。

「雪花，現在已經是二十一世紀了。只要有我在這裡，就不准殺人。雖然這樣感覺好像給二十世紀的兩位潑冷水很不好意思，但這個時代的命運應當遵從這個時代的法律，由這個時代的人來決定。如果兩位不服從，我就身為二十一世紀的代表逼妳們服從。」

面對爆發模式時個性上變得比較強硬的我，雪花頓時呆住——不過並沒有想要提出反對的感覺。畢竟現在要是起內訌很明顯不是好事，而且她最近也稍微比較聽我的話嘛。

「蕾芬潔，以日本政府的見解來說，這裡是日本的領海。既然妳非法入侵這裡又不願離開，我就要對妳執行海上警衛行動囉。畢竟根據武偵法第八十二條，武偵是可以獲准在海上進行維安行動的。」

聽到我接著如此宣告，依舊坐在寶座上的蕾芬潔咧嘴一笑。

看來她對於我放棄勸降而表現出戰鬥意志的事情打從心底感到很開心的樣子。

「——愚蠢的詛咒之男。好，那麼就首先由你開始淘汰起吧。」

之前在雪山的時候我也感覺到了，蕾芬潔說到底就是個非常好戰的女性。怪不得會跟納粹的高層那麼契合。

照現在雙方的距離來看，我本來以為她又會拿出之前在雪山上欺負過卡羯的MP28衝鋒槍，所以舉起貝瑞塔和DE擺出彈子戲法的準備動作——可是臉上帶著邪惡微笑的蕾芬潔卻在寶座上動也不動，取而代之地……喀唰喀唰喀唰……在我們左右兩側的茂密草叢發出蠢動的聲音。不過並沒有什麼人或動物躲藏在草叢裡的氣息，是蕾芬潔自己在操縱樹木跟花草。

「……嗚……！」

但沒想到那其實只是要引開我注意力的障眼法。就在我把注意力從寶座移開的瞬間，寶座周圍的冰塊地板忽然「劈里劈里」地裂開——從底下冒出好幾十根樹木的根，有如彎曲的網狀物般排列、集合，變得像一顆直徑五公尺左右的巨大椰子殼，成為保護蕾芬潔的球形護牆。她首先提升了自己的防禦能力。

樹木其實比一般人想像的還要堅固，不容易被子彈打穿。樹根護牆雖然沒有把蕾芬潔完全密封起來，但我方子彈能夠穿過的縫隙非常少。雙方交手的第一招，蕾芬潔就製造出讓自己躲在碉堡中，而我方卻完全暴露在外的狀況了。

「散落吧。」

依然坐在寶座上的蕾芬潔小聲呢喃後，我左右兩側宛如叢林的植物群中——發出「啪嘰啪嘰！」的破裂聲響，緊接著是好像有什麼東西劃破空氣飛來的聲音。

「金次，快躲開！」

「——！」

我聽到雪花的叫聲趕緊彈開，有如要閃避那聲音似地往後空翻一圈。結果……啪！啪啪啪！

呈現紅色、橘色、黃色的某種銳利物體接連高速飛過我的腦袋原本所在的位置，刺到冰塊地板上。那些東西約有手掌的大小，從形狀看起來應該是花瓣。銳利且堅硬到甚至可以深深刺進冰塊的那些花瓣，剛才以目測時速兩百公里左右的速度飛來。大概是像鳳仙花的果實或蕨類的孢子囊一樣，利用細胞壁的膨脹壓彈射出來的吧。

「那是會將經過一旁的動物殺死當成肥料的一種花。本人在列庫忒亞的森林觀察過，也為它取了個日文名——投劍花。有毒，即使只是劃傷也會中毒，造成麻痺無法動彈。」

這麼向我說明的雪花自己也像在跳繩一樣躲開低空飛來的花瓣。另外又有投劍花從緊貼地面的軌道往上升，擦碰到雪花飄飄飛舞的裙襬。我想瞄準動作應該是蕾芬潔在操作，不過花瓣這種東西每一片的飛行軌跡都不一樣，很難閃避啊。

啪嘰啪嘰啪嘰啪嘰！從周圍各處又連續傳來投劍花破裂的聲響。那恐怕是只要一枚花瓣爆開就會連帶使其他花瓣也變得容易爆開，藉此殺死整群動物的花吧。要是讓這種植物扎根下來，那塊土地就會永遠接連傳出無辜死者的災情了。

——不過，要在這裡對付它並非不可能的事情。畢竟彈射的時候會發出聲音，可以明確知道發射點的位置，花瓣劃破空氣也會發出聲響。而且顏色顯眼，容易辨識。即使同時飛來的花瓣增加到十枚、二十枚之多，靠聽覺與視覺還是能夠捕捉。如果學貝茨姊妹的講法，只要靠爆發模式五成的能力就能應付了。

我開槍掃掉刀刃花瓣的同時，看到雪花也用軍刀擋掉來不及閃避的花瓣。本來還擔心她的爆發模式可能無法承受戰鬥，但目前看起來還沒問題的樣子。

蕾芬潔躲在安全的植物籠中，感到可笑地欣賞著我們的抵抗行為。

「呵呵呵！來吧，來到我體內。讓我的根吸收你們的血肉，化為草，化為花，化為種子。進入永恆的循環、美麗的輪迴之中……來吧，快來，快來……」

她講得簡直就像植物版的吸血鬼一樣，讓我不禁皺起眉頭。就在這時——唰！

隨著一聲到剛才都沒聽過的聲音，某個物體從斜上方穿過我眼前到下方，擊中地板爆出冰塊碎片。是一根前端像魚叉、莖部像鞭子的藤蔓。由於我把耳朵的注意力都放在花瓣的聲音上，結果反應差點來不及。要是再往前走一步，那玩意就貫穿我腦袋了。

「——居然連吸血霸王樹都帶來了！那是會將靠近的人刺起來拉近樹幹，然後將流出的血液從根部吸收的殺人植物啊。」

「我本來還有點好奇列庫忒亞到底是什麼樣的地方，但這下我一點都不想去啦。」

我用玩笑的語氣回應雪花，不過射出一根就會接連繼續射來的藤蔓對目標瞄得相當準確，閃避起來難度很高。再加上投劍花的花瓣依然糾纏不休地持續飛來。那些植物擊中地板又會刨起閃亮亮的冰屑，對視線也是一種干擾。花朵與鑽石粉塵交錯飛舞的景象固然美麗，但這裡簡直有如死亡花籃之中——

話雖如此，不過我也看出了一件事。

這些植物雖然看起來也像是感應我們奔跑造成的震動，半自動襲擊我們，但主要還是由蕾芬潔負責瞄準目標，操縱植物群攻擊。

蕾芬潔就像現在這樣試圖把我們的血肉提供給植物吸收一樣……扮演為植物準備飼料的角色，同時也化為植物群的大腦發出命令。植物群則是保護著蕾芬潔，並成為她的戰力。講起來，就是共生關係。

在列庫忒亞有庫洛莉西亞——一群與這類危險植物共生的魔女們，而她們將這些植物分給蕾芬潔，並告訴了她操控植物的方法。也就是說，雖然乍看之下蕾芬潔與這些植物群似乎融為一體，但實際上依然是分開的生物。就好像靠智力與戰鬥力互補的阿斯庫勒庇歐斯與海卓拉。

換言之，跟以前對付阿斯庫勒庇歐斯的時候一樣，只要能擊敗蕾芬潔，這些植物應該就不會構成威脅了。因此我很想穿過那個樹根護牆的縫隙間攻擊蕾芬潔，不過我和雪花在想的事情，對方肯定也猜得出來。花瓣與藤蔓的攻擊感覺就像故意在引導我們移動，等待我們站到可以從縫隙攻擊蕾芬潔的位置。可見只要我們一站到那個位置的瞬間，她就會靠植物的遠距攻擊把我們刺成蜂窩。

即便如此，我還是收起貝瑞塔換成馬尼亞戈短刀——在距離那個位置半步的位置擊發DE，同時用短刀對射出的子彈刻出類似米涅彈的溝痕，施展讓子彈沿曲線軌跡飛去的弧彈。

如果是蕾芬潔沒看過的招式，她應該就無從應付了。我本來是這麼想的，可是……她竟然在我開槍之前就移動樹根護牆，「啪！」一聲擋掉了我的子彈。

蕾芬潔依然在花朵的圍繞中坐在寶座上，不為所動。

居然能夠即刻應付自己未知的攻擊，在過去那場戰爭中活下來的軍人果然就是不一樣。哎呀……畢竟那時代的軍人如果只是因為遭到未知的攻擊就輸掉，根本也活不下來嘛。所以這也是當然的。

「詛咒之男——看來你還沒搞清楚自己究竟在跟誰交手是吧？」

「我當然清楚了，深閨的姑娘。我剛才這是遵循禮節敲敲妳的門，所以能不能拜託妳稍微打開一點窗呢？我不會貪心到要求妳讓我進去裡面，只是希望妳至少接受我送妳的子彈吧。明明有這麼漂亮的美人卻只能從縫隙窺探，也太殘酷了。」

「你說我漂亮是很正確，但說我是人就錯了。現在的我是庫洛莉西亞——戰女神之一。是神。你這愚蠢的人類，竟狂妄地把槍口舉向了花的女神呀。呵呵呵……」

被色彩繽紛的花朵圍繞，愉快笑著的蕾芬潔——實在非常漂亮。

漂亮到甚至就像她自己講的，讓人覺得真的有如女神一樣。

「蕾芬潔，說自己是神明，就一定會被打敗喔？那是一種會讓自己輸掉的伏筆。妳很快就會淪陷我手中，成為一名普通的女孩受我疼愛了。」

我稍微多話一點，趁機仔細觀察……蕾芬潔在這地方感覺身體狀況很好的樣子。頭髮上的花朵也水潤充滿朝氣。看來蕾芬潔不只是透過頭髮當成線路對這裡的植物群發出指令而已，也能從植物身上獲取養分。就好像那些植物是大量的電池，隨時在為蕾芬潔充電一樣。

相反地也能想像得出來，要是失去那個養分補給，恐怕就連她頭髮上綻放的那些花朵都撐不久了。我之所以會這麼想，是因為蕾芬潔頭髮上的花朵無論顏色或位置都跟之前在雪山上看到的不一樣。可見應該是原本的花朵枯萎凋零後，又在這地方重新綻放的吧。蕾芬潔會變得比她過去的肖像畫還要消瘦，可能就是因為她過分倚賴植物提供能量，結果漸漸變得無法自立了。就跟服用太多方便的提神劑和精神藥物，到最後讓身心都垮掉的希特勒一樣。

「——金次！這個沒操守的傢伙，現在豈是讓你去勾引敵人的時候！」

「好，我知道啦。」

同是遠山家的人，不需要多餘的話語。我和雪花默契十足地閃避著投劍花的花瓣——同時靠我們自己的移動，誘導吸血霸王樹的藤蔓襲來的軌跡。

結果這招順利奏效，讓亂動的藤蔓互相碰撞，有如打結的翻花繩般逐漸糾結起來。

這片冰之草原上因此出現安全地帶，而且那空間慢慢增加。

「……」

看到這樣的蕾芬潔露出煩躁的表情——又增加了花瓣和藤蔓的數量。我本來還猜她為了避免糾結應該會減少數量，沒想到居然完全相反。

不過也多虧如此，安全地帶越來越廣——可是就在我閃避著藤蔓攻擊的時候，周圍竟不知不覺間變得滿滿都是藤蔓，有如公園的立體格子鐵架。這下別說是安全區域，就連讓我們移動的空間都沒了。恐怕是蕾芬潔故意安排的。

現在我們的腳下踏的不是冰而是花瓣和藤蔓。藤蔓占滿前後左右的空間，變得無法確保射擊線的花瓣因此不再飛來。有可能攻擊的方向逐漸局限於上方，於是就在我們的注意力都集中到頭頂上的時候——

我爆發模式下的耳朵忽然捕捉到下方傳來微弱的聲音，趕緊低頭一看，發現不知何時出現了好幾條荊棘，有如綁了許多花朵的繩索，在我們腳邊蠢動。

我立刻往後跳開，遠離那些荊棘，可是雪花的眼睛依然看著頭上的藤蔓。

「——雪花，下面！」

我大叫提醒的同時，靠直覺知道了一件事：雪花雖然有進入爆發模式——但她恐怕只有發揮出一半的能力。可能是由於她的心靈現在呈現一半男性、一半女性的緣故。

雪花聽到我的聲音，把視線往下移——可是在那一瞬間前，爬在她腳邊的荊棘就纏住了她的右腳踝，連同防刃襪與皮鞋。

「——嗚……！」

蠢動的荊棘發揮驚人的力氣，把雪花頭下腳上地倒吊起來，高高舉起。緊接著躲藏在藤蔓格子架之中的另外兩條荊棘隔著防彈水手服纏住雪花的胸口上半部與腹部。雙臂也被另外又飛出來的荊棘綁住，使雪花完全無法自由活動了。

「雪花！」

我舉起貝瑞塔與DE，一根又一根地開槍彈掉進一步襲向雪花的荊棘群。

但因為我不能讓子彈擊中雪花，導致能夠開槍的角度有限，無法為她進行足夠的掩護。我必須靠近過去，用短刀切開才行。

「嗚……嗚……！」

開了好幾朵小紅花的荊棘綁住雪花的胸口往上下拉扯，讓她痛苦呻吟。那荊棘可是足以把一個人輕輕舉起，要是被那樣強勁的力道掐住，雪花的身體遲早會被扯斷的……！

「吃苦吧，雪花。強者生存，弱者滅絕。這就是淘汰與進化的天理。妳現在感受到的痛苦，即是妳為進化達成貢獻的天理之歌。呵呵呵！呵哈哈哈……！」

在樹根的圍籠內，蕾芬潔發出嗜虐的笑聲。

我把手槍收回槍套，奔向雪花，對從冰塊地板中伸向雪花的荊棘揮刀——雖然砍斷了枝條，但刀刃也沾到黏著的白色樹汁。接著砍斷第二根、第三根之後，沾黏的樹汁就像白膠一樣硬化，讓刀變鈍。到了第四根已經砍不斷，因此我不得不重新拔出手槍。然而就在這時，從我頭上傳來聲音——

「不、不要、浪費子彈……不需要你出手……！」

雪花的右手因為我砍斷了幾根荊棘而變得能夠活動，於是把軍刀舉向自己背後的長髮前端，接著用刀尖「唰！」地切斷綁住她頭髮的白色紙緞帶。隨著她充滿光澤的黑髮散開的同時……

「——緋掞束——！」

雪花大喊一聲——轟隆隆隆隆隆隆隆隆！

橘色的火焰忽然冒出。而且教人驚訝地，竟是**從雪花的全身**——！

（……嗚……！）

那有如人體自燃現象的火焰並沒有把雪花自身以及衣服燒掉。那是魔術火焰。

上次與蕾芬潔交手的時候，雪花施展星伽家術法時也有把紙緞帶解開。原來那就跟白雪的緞帶一樣，是封印魔力用的東西。

就在我也能感受到的輻射熱之中，火焰包覆全身的雪花一根根地燒斷荊棘——從花朵的束縛中脫困，降落到我斜前方。

「上校，妳最害怕的東西——就是火焰吧。」

化為一團火球的雪花舉起燃燒的軍刀，指向蕾芬潔。

然而……她的聲音聽起來隱約帶有一種逞強的感覺。而且她的眼睛稍微瞄了一下包覆自己身體的火焰，從那眼神也讓我知道了，她恐怕沒有發揮出自己原本預想的火力。原因就在於她只有進入一半的爆發模式。

確實，那火焰雖然燒斷了綁在雪花身上的荊棘，但火勢不到足以把周圍其他植物也燒光的程度。不只如此，她腳下的火焰還被冰塊融化成的水澆熄了。

蕾芬潔似乎也看出了這點……

「在這個四面八方都被冰塊，也就是被水包圍的地方，區區一根小小的蠟燭何足為懼？」

她雖然確實有表現出討厭火的樣子，但臉上依然帶著從容不迫的笑容。

「就好像妳把玲的植物種植到自己身上帶回來一樣——」

然而雪花就像重新振作似地說著，並且把力量灌注到全身。

結果她腳下的水灘忽然冒出泡泡，沸騰起來了。水蒸氣轉眼間越來越多，白霧隨著火焰形成的上升氣流往上竄升。

「本人同樣也有學得祕法回來。就是原本要傳授給全日本的戰巫女們，讓她們化為決戰兵器的——這個玲的魔術。金次，離本人遠一點……！」

就在我拉開距離的同時，空氣有如爆炸般「轟！」地劇烈震盪，四周的亮度也一口氣增加。我忍耐著耀眼的光芒一看，發現雪花身上的火焰大幅膨脹，顏色也從橘色轉為黃色。

「這在玲地區稱作庫魯蒂・蒂歐，是能夠讓具備神通力的人類所有能力倍增的術法。本人將之取名為『鏡裡』。」

所謂的神通力，就是超能力的古老稱呼。而「鏡裡」就好像把映在鏡中的自己的力量借來使用一樣——能夠讓所有能力提升為兩倍。光聽就覺得是很作弊的招式。不過只要利用這招，就算現在的雪花只能發揮原本一半左右的魔力，也可以勉強恢復正常狀態。

「蕾芬潔——本人絕不會讓妳在日本扎根！」

雪花就像花式滑冰選手一樣蹲低身子旋轉，並揮下軍刀「喀喀喀喀！」地在自己腳邊畫圓。緊接著就從那個圓中分出火浪，沿著冰塊地板呈現漩渦狀向四周擴散。

她這招雖然多加了星伽家從地面噴出火焰的術法「緋焰」，但招式本身是遠山家的「鳴渦」。那是一種用刀或長槍在自己腳邊擦出圓形的同時施放秋水的衝擊波，以自己為中心對周圍地面施展全體攻擊的招式。原本是用在森林戰鬥時，把周圍的樹木扳倒壓住敵兵——不過雪花現在則是用來砍伐周圍的列庫忒亞植物。

鳴渦・緋焰的衝擊波所經之處，植物群都像是被強風颳過般劇烈搖盪發出聲響。花草燃燒，矮樹被連根拔起，高一點的樹木也傾斜，甚至有一棵樹伴隨地面震動的聲響倒下了。我即使靠跳躍閃過了火浪還是覺得很燙，不過等事後再跟她抗議吧——如果要發動攻勢就要趁現在！

於是我靠八岐大蛇連續供彈，「砰砰砰砰砰砰！」「磅磅磅磅磅磅！」地朝蕾芬潔的護牆不停開槍。雖然靠手槍很難破壞樹根，不過我要讓子彈接連擊中同一個特定部分。像現在我瞄準的就是以我的角度來看，右下方護牆比較薄的地方，如此一來遲早可以打出一個洞，或許就能成為突破點。

雪花則是在冰塊融化成水而溼滑的地板上踏穩雙腳——

「——鏡裡——！嗚渦・緋焰——！」

又大喊一聲，讓包覆身體的火焰進一步倍增，火焰的顏色從黃色轉為耀眼的白色，剛才只有零度的大廳溫度現在已經上升到讓人覺得熱的地步。高處的天花板也因為冰塊融化而「滴答滴答」地下起雨來。

兩度施展嗚渦的雪花雖然剛開始只能發揮一半的力量，但經過兩次的鏡裡加成，現在已經提升到正常的兩倍。她放出的火焰使周圍的植物群更激烈、更大範圍地受到傷害。相較上位於近處的矮樹都被連根拔起冒出黑煙，另外也有四、五棵樹倒下。很好，照這氣勢下去應該能贏！

「……！……」

蕾芬潔為了用制服袖子擦拭滲出的汗水而舉起手臂——就在那深綠色的眼睛、袖子與我，三者排列到一直線上的瞬間……

（——就是現在！）

我從保護著寶座的樹根圍籠縫隙間成功對蕾芬潔開槍。利用剛才那一瞬間造成的死角，瞄準有如項鍊墜子般掛在她脖子下方的騎士鐵十字勳章，讓子彈以零點五度的淺角度敲擊勳章，使蕾芬潔一時喘不過氣而倒下。在開槍的時候，我本來以為能夠辦到這點的。可是……

受過戰爭洗禮的蕾芬潔又再一次——精準察覺我開槍前一剎那放出的殺氣，緊急停下擦汗的動作並扭轉身體，偏移上半身的位置。

結果我的９ｍｍ帕拉貝倫彈擦過蕾芬潔的上臂，扯掉卐字臂章與一部分的袖子飛走了。可惡！竟然錯失了這個千載難逢的機會……！

蕾芬潔用手壓住受傷的上臂，低頭看到紅色的鮮血沿著袖子裡面，流到指尖滴落……

「……我、我竟然……會被劣等人種的子彈、打傷出血……！」

她驚訝得咬牙切齒起來。

全身包覆火焰的雪花將軍刀收回刀鞘後……

「有什麼好驚訝的？從學童的打架到戰場上的交鋒，沒有戰鬥是不流血的。」

她跪下一邊的膝蓋，把雙臂像翅膀一樣往背後展開。這動作是——

（……秋花！）

以前在海螢火蟲的地下設施對我也施展過的，以超高速撲向敵人，讓對手撞在牆壁上化為鮮血花朵的招式……！

不行啊，雪花——那招會把蕾芬潔殺死。妳不能用！

蕾芬潔並非在意自己的傷口而是指著被扯破的臂章，「不可饒恕……不可饒恕呀……」地對著我和雪花露出魔鬼般的表情，接著「砰！」一聲從寶座上站起身子……

「這個神聖的鉤十字！是將我從貧困中拯救出來，為我的人生賦予使命與榮譽的元首閣下光榮的徽章！你、你們竟敢毀損它！我絕對、絕對不會饒恕你們！」

蕾芬潔直到剛剛都還相對冷靜的人格明顯因憤怒而驟變。

不只是人格，就連裝飾著花朵的頭髮也彷彿在威嚇我們似地散開。

雪花見到這一幕，露出想要快點分出勝負的眼神……

「今天的緋焰燃燒得比平常更旺盛。尺餘之銃，難成武器。寸餘之劍，不成何物。無寸之拳，適余所好。綻放吧——秋花——！」

轟！雪花利用往腳下施展寸勁的秋草往前起跑。其速度有如炮彈，從靜止狀態瞬間達到亞音速。她打算靠身體衝撞破壞樹根形成的護牆，把牆後的蕾芬潔壓死——甚至粉碎。而且她肯定能夠辦到那種事，真的能夠辦到。因為在蕾芬潔背後有寶座，以及冰塊形成的牆壁。

「——雪花，停下來！」

我大叫的同時，有樣學樣地靠秋草往冰塊地面一蹬。冰與水的飛沫爆開，急加速的身體——入侵到雪花的路徑前方。

快要撞上我的雪花趕緊拔出軍刀，刺向自己腳邊。用刀刃「啪哩啪哩啪哩！」地減速，加上雙腳奮力止步……

……停止、下來了。停在靠橘花急煞車的我眼前。

「為、為何礙事！本人必須把她收拾掉啊！為了保護國家！」

「妳的心情我懂，但即便如此還是要遵守法律！不，這不只是為了法律，也是為了不要再回到過去那個靠殺死敵人解決問題的時代——為了活在這個時代，不要殺人！」

我對雪花如此大叫後，在我背後的蕾芬潔接著……

「遠、遠山金次，你以為你救了我嗎？憑你這個劣等人種——憑你這隻猴子！」

發出有如十四歲的小女孩發飆似的尖銳聲音。

我轉頭一看，發現她滿臉通紅。大概是理解到自己如果被秋花擊中肯定會死，但卻被身為敵人的我救了一命而感到羞恥吧。

她接著恩將仇報，用似乎因為我們靠近而進入了殺傷範圍的新種植物「啪啦啪啦——！」地發動攻擊。直徑達五十公分左右、長滿刺的好幾顆果實從天而降。那些巨大的帶刺栗子伴隨「碰！碰碰！」的沉重聲響，靠內部的高壓空氣接連爆開，讓碎裂的帶刺外殼向四周飛散。

那外殼碎片由於上面有長長的刺針，讓重心位置比較奇怪，全部都一邊飛散一邊旋轉。雖然就本能上會對刺針的部分抱持警戒，然而從那些碎片撞在周圍樹木上竟然把樹幹像乳酪般輕鬆削掉一大塊的樣子看起來——它們實質上應該算是飛槌類的武器。另外還有像霰彈一樣爆開的種子顆粒也必須閃避才行。不過只要靠爆發模式發揮全力，應該能夠全數躲開——然而……

（……！）

為什麼——？那些有如手榴彈般「碰！碰碰！」地炸開的外殼碎片與種子，我竟然沒辦法完全躲開……！

我搞不清楚理由。像現在又有一塊外殼飛槌從背後飛來，削過了我的肩膀。我越是全力閃避，那個「全力」的等級就越往下降。本來應該能夠使反射神經提升到一般人三十倍的爆發模式，現在竟然掉落到二十五倍左右。

雖然這個狀況不良的原因不明──但是這些爆裂果的數量沒有剛才的投劍花那麼多。只要躲過接下來準備落下的最後一群，應該就能撐過這個局面了。

正當我這麼想的時候，最後的碎片朝我臉部飛來──於是我靠著把上半身往後仰的動作閃避，然而卻遲了一拍。不知道為什麼，我忽然感到一陣暈眩，讓身體反應變慢了。不妙，那外殼飛槌的時速有五百公里以上，這樣下去我的頭可不只被敲破而已，甚至會像豆腐一樣被削掉一大塊啊……！

「──！」

就在這時──雪花把軍刀的金屬刀鞘當成盾牌，靠側跳插入我面前。

隨著「噹！」的聲響爆出火花，撞擊刀鞘的外殼改變軌道朝下方飛去。但是它並沒有完全被擋開，「啪哧──！」一聲高速撞擊雪花的側腹部。

「──啊──！」

由於外殼碎片的速度被刀鞘削弱了幾分，讓它沒有當場把雪花的身體砍成兩半。不過雪花還是從口中噴出鮮血，倒了下去。身上的火焰一口氣就消失了。

「雪花！」

「……嗚……嗚……咳咳……！」

靠鏡裡的爆發模式應該讓能力提升到一般人六十倍的雪花，現在能力值明顯大幅下降。就我的感覺來說，已經降到只剩十五倍左右。

而這樣的下降現象即使沒有雪花那麼明顯，不過也有出現在我身上。總覺得我現在的能力只能發揮到二十倍上下。究竟是怎麼回事……？

（……！……）

雖然我自己的狀況並非如此，但我知道雪花會弱化的原因之一了。因為她的手並不是壓著受傷的腹部——而是按著剛才那一擊讓軍帽掉落的側頭部。緊咬著牙齒，表現出強忍疼痛的感覺。

（……對卒……！）

遠山家的遺傳病——對卒，是由於爆發模式下過度用腦而發生的。再加上雪花還用了超能力，那想必是對腦部造成更多負擔的行為。也就是說，雪花的戰鬥方式會更容易讓對卒發作。

她無論在這次的戰鬥中，或是以前在海螢火蟲跟我交手的時候，都給人一種急著要分出勝負的感覺。原來……那是因為她明白自己無法長時間戰鬥的緣故……！

「……剛……剛剛的秋花，是唯一的、獲勝機會啊……」

被我抱住的雪花痛苦呼吸的同時，不甘心地如此說著。

不只是雪花。就在幫她擦拭嘴角鮮血的時候，我也感到呼吸困難起來。暈眩的感覺也很嚴重。而且還有頭痛的現象，讓我一時懷疑自己也對卒發作了，不過這種痛跟對卒不一樣。

「雖然你們大鬧了一場，但看來也到此為止了——這兩隻猴子。你們扯破這個鉤十字徽章的罪就用你們的血，燒毀了這座森林一部分的罪就用你們的肉來償贖吧。」

我們都停止動作後，蕾芬潔操作起燃燒的草木周圍的植物……用宛如巨大水芭蕉的葉子覆蓋在火上，進行滅火。

「蕾芬潔……這個卑鄙小人……竟、竟然**用上瓦斯**……」

呼吸短促的雪花所說的『瓦斯』就是指毒氣——化學兵器——

（……嗚……！）

如果蕾芬潔對毒氣具有抗性，她就很有可能會使用。

雖然希特勒由於自己也有過被英國軍的毒氣搞到差點失明的經驗而厭惡化學兵器，而且據說也因為害怕遭受報復，所以沒有將化學兵器投入實際的戰爭中……但畢竟納粹德國就是發明了沙林和梭曼等等毒氣的國家啊。

「卑鄙？戰爭哪有什麼卑鄙不卑鄙的。」

如此不屑說道的蕾芬潔，接著讓較高的樹木擺動起枝葉。

那個動作似乎讓從天花板的裝置吹進來的冷氣獲得攪拌，使大廳內的溫度急速下降。大概是想要讓被雪花搞到都是水的地板重新凍結的樣子。

「你們就乖乖待在那裡。等一下蘇伊莫亞就會把你們的肉吃到連骨頭都不剩，鮮血也吸個精光。」

蕾芬潔愉快地瞇起凹陷的雙眼，用蠢動的樹根補強保護自己的圍籠。樹根彼此密集交錯，變得幾乎快看不到裡面。剛才還有更多縫隙的時候就已經那麼難攻擊的說……這下……真的束手無策了。

「……吁、吁……」

在冷風之中吐出白霧的我，越來越喘不過氣來。另外還受到對卒折磨的雪花根本快要奄奄一息了。這狀況八九不離十，對方肯定用了什麼毒氣。但我找不到類似噴霧器、氣瓶或鐵桶等等的東西，因此可能是像花粉之類源自於植物的有毒物質。既然這樣——

「炸……炸霸！」

我將手掌疊在一起舉高，對抗天花板吹下來的冷風似地朝上空放出炸霸。

如此一來空氣應該會被推回去才對……但毒氣卻依然完全沒有要消散的跡象。呼吸依舊困難，手腳末段也開始痙攣。距離身體極限剩下的時間不多了。

仔細想想……蕾芬潔從頭到尾都沒現身在上面的樓層，從一開始就坐鎮在這個最深處。明明我方當時還不清楚哈巴谷號的內部構造，而她占有地利地說。原來這是因為她打從一開始就在這裡準備了毒氣陷阱啊。

可惡！到敵陣戰鬥時應該注意的事情，我竟然忽略了……！

「嘻嘻嘻——你們活活被吃掉的景象，肯定很精采呢——！」

蕾芬潔如此奸笑的同時，從我們左右兩邊的樹叢中……「沙、沙」地……有好幾根植物像毛毛蟲一樣爬了出來。蕾芬潔稱為「蘇伊莫亞」的這些植物，就是之前在雪山上想要把我吃掉，外觀有如大頭蛇的藤蔓植物。口中排列著刀刃般鋒利牙齒的那些食人植物比上次看到的還要大。搞不清楚究竟是葉子還是花的球形頭部光直徑就有七十公分，藤蔓部分也有人類的腿那麼粗。

逼近到距離我們只剩幾步遠的蘇伊莫亞……有如眼鏡蛇般抬起頭部，從口中流出來的消化液滴到下面的荊棘，「滋——」地溶解發出刺激性臭味。

我舉起ＤＥ「磅！磅磅！」地朝蘇伊莫亞開槍，可是——子彈卻在表面呈現曲面的藤蔓與球狀頭部上滑開，只有留下一點傷痕而已。看來蘇伊莫亞是配合剛才那些爆裂果生長的生態環境，而進化成具有某種程度防彈性的植物。

「……嗚……！」

一根又一根的蘇伊莫亞在我們周圍高舉起頭部。我趁著它們還沒有完全把我們包圍起來之前——抱起雪花，朝看起來還能逃走的右前方拔腿奔跑。不，由於毒氣影響，我已經連跑都跑不動，只能用走的。結果一根蘇伊莫亞追上那樣的我，「砰！」一聲揮下頭部。我雖然驚險閃過，但那傢伙揮空啃到的地面當場激烈爆出冰屑，被鑿出像隕石坑一樣的凹洞。那簡直就是重機械了——！

蘇伊莫亞群紛紛轉向，「沙沙沙」地成群追過來。那動作雖然緩慢，但我的動作也同樣很慢。這個大廳雖然很大，可是照這樣下去我們遲早會被抓到。

（該死！我的呼吸——）

難受。好難受。明明我在武偵高中接受過各式各樣的毒氣訓練，但從來沒有體驗過像這樣的玩意。在呼吸困難之中如果勉強繼續吸氣，肺就會感到刺痛起來。

既然蕾芬潔就算不到密封的程度也還是讓樹根圍籠纏繞得比剛才還密集，或許代表她對於這個毒氣搞不好也沒有完全的抗性。如此猜想的我抱著雪花，從貝瑞塔的拋彈殼孔裝入炸裂彈——也就是超小型的油氣彈，「轟！」一聲攻擊保護蕾芬潔的樹根圍籠。那圍籠雖然經過重新補強，但我是瞄準剛才靠槍擊破壞過的右下部分，定點重複傷害……然而爆炸火焰甚至連一個小洞都沒開出來，只是讓表面稍微被燒焦而已。植物雖然因為重力的關係對於折損傷害很弱，但對於爆炸暴風是很強的。

我不斷閃避著從左後方、右後方或者正後方追上來的蘇伊莫亞群——抵達最初看到的那棵雨樹的根部。

但由於大廳的逃脫出口只有沿著這棵巨樹爬上去的那個地方，因此蕾芬潔似乎早就料到我的行動。這地方的左右兩邊又出現別的蘇伊莫亞埋伏我們……！

（該死……！這大廳的每個角落都像是在蕾芬潔的手掌心上嗎——）

從後面追上來的蘇伊莫亞之外，加上埋伏在這裡的蘇伊莫亞也「沙沙沙」地高舉起頭部。這下除了有巨樹的背後以外，完全被包圍了。

手上抱著雪花，用遭到毒氣傷害的身體跟這些玩意交手……根本沒有勝算。

就在我明白這點，不禁咬牙切齒的時候——教人驚訝地……

「嗚……嗚——鏡裡……！」

在我懷中的雪花竟發動了第三次的鏡裡。

兩倍的三次方，是八倍。如果把通常的爆發模式算成三十倍，現在雪花的腦部承受的負擔可是到達兩百四十倍，而且還是在對卒發作的狀態下。

「不、不行啊，雪花……！不要這樣！」

雪花甩開我的制止，雙腳站到冰塊地板上。

接著從損傷的刀鞘中拔出軍刀——和泉守兼定。

她打算繼續戰鬥。

不管身體傷得多嚴重，多麼難以動彈，依然只靠著精神力量——只靠著大和魂、撐下去……！

「……」

蕾芬潔從樹根圍籠中看到這一幕，讓食人植物蘇伊莫亞各自往後退下些許。那是將雪花的軍刀攻擊範圍估算得較大一些，然後讓植物群都退到那範圍之外的動作。

「……金次，本人在此、對你下令……爬上、那棵樹……立刻、轉進（撤退）……！」

在死亡森林中，擋在花女神面前的雪花——踏穩雙腳，保護背對著巨樹的我。

儼然就此扎根，化為另一棵大樹般。

「……雙腳、踏穩如立木。雙臂、廣張如橫木……」

雪花如此呢喃並擺出的動作——是遠山家相傳的祕奧義之一。

（……絕鬥……！）

將所有攻擊一身承受，以之為代價保護背後同伴的自我犧牲招式，絕鬥……！

「雪花……！」

「……未來就、託付給你了。把你在這裡所見的一切、告訴同伴們，以期捲土重來……！」

雪花跟我一樣，領悟我方已經沒有勝算——

所以她打算保護我離開，自己死在這裡。

雪花，怎麼可以這樣？

我們在卡爾・文森號上不是約好了嗎？說妳要活著回去，跟理子她們再繼續投稿影片。說要學跳舞，靠「試跳」影片成為網紅，不是嗎，雪花……！

「——緋焰——焰絕鬥——！」

雪花不惜對腦部造成更強烈的負擔，讓化為一面絕對盾牌的自己身體再次噴出火焰。

「上校，軍令是絕對的。本人……就算犧牲自己，也要完成軍令。過去是為了日本的勝利……但現在，是為了不讓戰爭的慘禍再度上演……！」

「雪花，元首命令第二十四號是絕對的。戰爭必須延續。進化乃自然的天理。為了引導人類走上正確之路，我要讓世界與世界爆發戰爭——！」

有如化為一朵火焰之花的雪花，與連結這整座森林的蕾芬潔，兩人的聲音在寒冰大廳中迴盪。

「——喝啊啊啊！」

露出利牙襲來的蘇伊莫亞，遭到雪花包覆著火焰的軍刀反擊，頭部當場被砍下。一刀就砍斷藤蔓的那招刀砍，是星伽候天流・斬環。

雪花的周圍留下有如火焰之環的殘像，接著又砍斷下一根蘇伊莫亞。這樣的行為一次又一次延續。每當鐵球般飛來的蘇伊莫亞被雪花用刀擋下並砍斷的同時，雪花腳下就會發出激烈的聲響。因為絕門是一種將無論來自什麼方向的衝擊都在自己體內強硬扭轉方向，釋放到腳下的招式。

「嗚嗚……嗚嗚嗚！嗚啊啊啊！」

雪花一邊大叫，一邊拚命揮刀。把接連來襲的食人植物用軍刀砍斷、砍斷再砍斷。被砍下來的蘇伊莫亞頭部讓草叢發出「嘩沙嘩沙」的聲音，然後從雪花腳下飛濺出來的碎冰破片又覆蓋到上面。仔細一看，雪花的皮鞋已經漸漸沉入被火融化成水灘的冰塊地板之中。那是雙腳遲早會像木樁一樣釘入地面之中變得無法再動彈的、絕門特有的景象。

（……雪花……！）

她不惜違背活著回去的誓言也要守護的對象——並非只有我。我的存在只是一種象徵。她真正想保護的，想必是——

「……這個猴子女，白費力氣！」

蕾芬潔操縱的蘇伊莫亞停下只會讓數量不斷減少的攻勢……每三根集結在一起，藤蔓互相纏繞起來。那是打算藉由綁在一起變粗，讓軍刀無法再砍斷藤蔓。

雪花看著那樣的景象，對站在她背後的我開口說道：

「金次……本人是在日本陷入存亡危機時離開國家，如今卻又悠悠哉哉回來生活的罪人。為了贖這個罪——本人一定要保護你們的未來。然後雖然遲了好一段長久的時間，不過本人將會前往烈士英靈們的地方。一死以成護國，不，保護世界之盾……」

她說著，把臉微微轉過來——

「花的生命本來就很短暫的。」

對我如此露出笑容。

強忍著對卒與絕鬥的劇痛，溫柔地、平靜地對我一笑。

雪花她——在守護著這個時代，以及未來。就好像過去那個時代的人們為了日本的未來，為了下一個世代，不惜拋頭顱灑熱血一樣。就像當年面對連無辜的小孩們都會轟炸的B—29，甚至挺身衝撞阻擋、犧牲自我的軍人們。

——集結成束的蘇伊莫亞用三張嘴巴襲向雪花。

即便如此，雪花的刀還是一口氣就把它們砍斷了。而且不是砍斷脖子的藤蔓部分，而是把巨大的頭部三個一起劈開。她的這個攻擊力比我預想的還要強一點五倍，不，甚至更強——

「金次，看來你只有領會絕鬥的一半而已。所謂的絕鬥，可是伴隨生命的最後，也就是伴隨命對的招式。」

雪花似乎看出我的驚訝，一邊調整著呼吸一邊如此告訴我。

（命對……也就是臨死前的爆發模式，垂死爆發嗎……！）

瀕臨死亡邊緣時會發揮的垂死爆發——我以前和閻交手時體驗過，如果在HSS時覺醒，可以讓戰力進一步變成一點二五倍。也就是說雪花原本靠鏡裡已經提升到兩百四十倍的爆發模式，現在靠垂死爆發的效果甚至到了三百倍嗎？然而那也意味著她腦部承受的負擔同樣是三百倍。再這樣下去別說是腦溢血了，整個腦都會爆炸啊！

被火焰軍刀劈開的蘇伊莫亞斷面或許因為內部含有油分的緣故——激烈燃燒起來。而且火勢激烈得有點過度，甚至延燒到周圍的矮樹，再次引發火災。

蕾芬潔似乎很著急地讓蘇伊莫亞接連攻擊雪花，而雪花每次劈開斬斷敵人就會讓火勢延燒得更廣，讓附近一帶變得有如山林火災。

火焰與刀鋒在我眼前亂舞，通往死亡深淵的戰鬥逐漸化為地獄。

彷彿——這地方變成了過去那個時代的戰場。

「遠山雪花——！這教人厭惡的花朵，給我散落！」

蕾芬潔大叫的同時，讓藤蔓束之間又彼此纏繞，九根蘇伊莫亞結成一束從頭頂上攻擊而來。

「妳有辦法讓它散落的話——妳就試試看吧！」

轟隆隆隆！伴隨有如大炮的聲響，雪花往上斬斷了成束的蘇伊莫亞。

從她腳下濺起的冰與水都被她身體流出的血液染成紅色。像我之前在尼加拉河施展過絕鬥的時候也一樣，這是會伴隨大量出血的招式啊。

剛才這個攻擊看來實在太過沉重，從雪花的水手服下伸出來的腿……差點跪下，不過她立刻把軍刀抵在冰塊地板上，撐住了。從那裙子與水手服衣襟底下不斷有鮮血滴落，雪花腳下白色的冰塊上已經積了一灘血，變得像日之丸旗一樣。

「……怎麼？這樣就沒了嗎……？」

即使如此，雪花依然重新撐直膝蓋，挺起背脊。

火災如今已快要延燒到我背後的巨樹，再加上雪花無論再怎麼被攻擊都遲遲不倒下，見到這狀況的蕾芬潔臉上逐漸浮現出不安與疲勞的神色。就跟過去被絕鬥逼到陷入膠著狀態的所有敵人一樣。

「……雪花，妳倒下吧。快點倒下。給我倒下。如此一來妳現在承受的痛苦就會化為安詳的沉眠。妳不用再受苦了。這種時代不值得妳如此受苦還要去保護。」

大概是判斷如果讓雪花繼續用絕鬥拖延時間，火災將可能延燒到不可收拾的地步——蕾芬潔開始催促雪花快點自己認輸，而且她的臉上帶著相當焦躁的表情。

雪花則是——

「也對……這個時代的人在我們眼中看來可說是懶散墮落，各個言行輕浮淺薄。想到當年大家竟是為了創造出這樣的世界而奉獻自己的生命，就不禁讓人想笑。」

如此回應蕾芬潔。

「——然而，這有何不好？反正能笑啊。今天的日本不受饑寒所苦，也不再犯侵略他國的愚蠢行為了。這個時代之所以看起來輕浮，是因為純粹的和平。既然我們的戰爭最後歸結到和平，就算是往前進一步了。萬里之遙的行軍，也是靠一步一步的達成。因此本人要守住這一步。至於下一步前進……金次，就交給你們去達成了。為此，你現在馬上轉進。永別了。」

在火焰之中，雪花轉回沾滿鮮血的笑臉看向我——眼眶中含著淚水——

「……這究竟是不是戀情，本人並不知道……不過多虧有你，讓本人明白了身為女性的感情。這下已了無遺憾。本人和上校本來都應該在七十年前就離開這個世界，不屬於世界的存在，自然註定要藉由同歸於盡就此消失。想顛覆世界的力量——是不可能的事情。」

她留下這段話後，重新背對我，架起軍刀。

彷彿已經把自己生涯能說的事情都已經說完了一樣。

（雪花……！）

怎能讓妳如此！

我才不會讓這種話成為妳最後的遺言。滿心期待著雪花投稿影片的頻道訂閱者們肯定也不會允許這種事情的。

妳現在說了。在最後的最後，終於說了。「不可能」這三個字。

——我是化不可能為可能的男人。

就算那是這個世界與列庫忒亞定下的宿命，我照樣會推翻。

我要反抗到底，就算對手是世界。

就算是世界與世界，兩個世界也一樣！

——雪花看過了現代人們的笑容，然後下定決心要保護我們。

相對地，我也看過雪花的笑容，當她在看電視，在路上吃可麗餅的時候，她都在笑。和美國士兵們也能以笑容互動。我要保護那個笑容……！

看過雪花，我明白了一件事。

她雖然說他們的時代與現代相較起來，人們變了很多——但其實活在那個時代的你們跟活在現代的我們都是一樣的。

一樣會笑，一樣會哭，一樣學習一樣遊戲，一樣會成功一樣會失敗，一樣會喜歡上什麼人，大家同樣都是人類。

所以說雪花，不要因為妳生在過去的時代，就一直想著要犧牲自己。

妳同樣有幸福的權利，同樣有活下去的權利。無論為了什麼理由，都不能在戰場上拋棄自己的生命。世界上沒有任何事情比活下去更重要啊！

「——雪花，妳叫我轉進。那是命令嗎？」

現在——

傷害著我的毒氣力量逐漸變弱了。不只是我，雪花剛才也從中途開始講話不喘氣了。

這點終於讓我發現了這個毒氣的真面目。

那才不是什麼納粹德國開發出來的毒氣，更不是什麼未知的氣體。

原來那根本是這個世界上到處都有的東西。

「沒錯，是命令。長官的命令是絕對的。你現在立刻轉進。」

「我之前也說過了吧？我絕對不會丟下雪花，也絕對不會讓妳死。我是抱著這樣的覺悟來到這裡的。因此我拒絕那個命令。」

「什麼……？違背命令可是要在軍事法庭上——」

「接受嚴罰對吧？所以妳現在多了一項工作，就是要在事後給我懲罰。軍人不完成軍務就喪命是不可原諒的事情。這下妳不能戰死在這裡啦。」

我說著這樣的歪理，走到雪花旁邊——看見我來到幾乎要被自己的火燒到的位置，雪花頓時瞪大她細長的眼睛。

她接著看到我大口深呼吸，似乎也察覺到毒氣的真面目了。

沒錯，飄散在這地方的毒——其實是**氧氣**。

只不過是比一般大氣中分壓更高的氧氣。

植物會藉由光合作用吸收二氧化碳，排出氧氣。列庫忒亞的植物在這個性質上也是一樣的。但由於它們會像動物一樣活動，因此代謝速度可能遠比這個世界的植物活躍。這間大廳裡就是因為這樣，充滿了濃度異常的氧氣。列庫忒亞的植物群之所以會被雪花的火燒得那麼旺，一方面也是因為這高濃度的氧氣啊。

過度攝取氧氣會對人體的中樞神經系統與肺部造成傷害。這樣的症狀稱作氧氣中毒，像潛水員如果不小心下潛得太快，然後吸入由於水壓上升造成高濃度的氧氣，就會引發這樣的症狀。而我和雪花——則是因為全力發動爆發模式導致呼吸量急增，結果過量吸入了這地方本來就已經過多的氧氣，陷入了氧氣中毒的狀態。

不過那些氧氣現在被雪花靠三百倍爆發模式施展的緋掞束快速消耗了。即便搞不清楚魔術火焰的能量來源究竟是什麼東西，不過燃燒現象還是會消耗氧氣的。多虧如此，在雪花身邊呼吸就比較順暢。雖然超熱的就是了。

「怪不得這艘密閉的哈巴谷號都沒有通風口。因為有這裡的氧氣，就不會造成缺氧啦。」

我如此宣告自己已經識破毒氣的真面目後，便看到蕾芬潔微微咬牙了一下。

「雪花，看來要把蕾芬潔活生生逮捕的想法果然還是太天真了。」

聽到我忽然講出這種好像違背初衷的發言，雪花頓時「？」地皺起眉間。從那表情可以知道，我至今對她的努力說服並沒有白費力氣——現在的雪花心中也希望盡可能在不殺死蕾芬潔的狀況下做出一個了結。很好，雪花，妳那樣就行了。

話雖如此，不過她原本就是抱著要殺死蕾芬潔的打算來到這裡，所以並沒有對我的發言表示責備。雖然有露出一副『你這傢伙，心中有所盤算對吧？』的眼神看著我就是了。

「妳現在有辦法施展秋花嗎？」

「角度不好。」

我小聲詢問，雪花搖頭回應。正如她所說——我們位於蕾芬潔那座圍籠的右斜前方二十公尺處，跟掛有卐字旗的冰牆之間夾角約六十度左右，位置上並不適合施展把敵人推到牆上壓死的秋花。不過雪花回答我『角度不好』，意味著招式本身是能夠施展的。

——既然如此，計畫就可行了。

「妳只要把蕾芬潔的護牆上剛剛被我用子彈跟炸裂彈損傷的右下角破壞掉就行。只要在那裡幫我製造一個缺口，做為我一直以來老是反對妳的賠罪——就由我殺了她。」

我將張開的左手舉到前方當成瞄準器，將擺成剪刀手勢並兩指併攏的右手縮到後方。

這是我以前與拉斯普丁納交手時抓到了訣竅，所以這次挑戰單手、雙指的老爸式扇貫的動作。

「……扇貫嗎？原來如此。好——」

雪花也知道這動作是能夠殺死蕾芬潔的衝擊波雷射攻擊——於是就像要把對卒的疼痛都驅散般，「喝！」地大喊鼓舞氣勢後……

——轟——！

「————焰秋花————！」

拖出一條有如流星的火焰尾巴，雪花向前飛出。一路撞開蕾芬潔為了當成盾牌而移動的枝葉。將化為一團烈焰的身體前傾到幾乎與冰塊地板平行，已超越人類的速度——把全身體重都放到水平架在胸前，用左手抵著刀背的軍刀上——碰磅磅磅磅磅磅磅磅磅！

雪花利用全身衝撞的一擊——焰秋花，硬生生地撞在密集排列、保護著蕾芬潔的樹根圍籠上。

大概是靠著親人之間的心領神會，雪花有確實領會到我腦中想像的畫面。樹根圍籠在一如我預期的位置破碎斷裂，讓蕾芬潔的護牆出現一個窗戶大小的破洞。

雪花從斜前方衝撞幾乎呈現球體的護牆之後被彈開，在冰塊地板上滾動好幾圈——擺出跪地姿勢，換成在蕾芬潔的圍籠左斜前方用軍刀煞車。

她接著發現自己撞出的破洞沒有辦法讓我取得射殺蕾芬潔的適當角度——使蕾芬潔可以躲到更深處，於是雪花臉上不禁露出「糟了」的表情。不過……

並不是那樣。這樣其實已經足夠讓我殺掉她了。

「這片櫻花吹雪——」

如果把之前雪花在雪山上使出的天抛・緋緋星伽神比喻為垂直的櫻花吹雪。

「——妳可別說妳不記得了！」

我這個就是水平的櫻花吹雪了！

我向前刺出的手指，釋放出老爸在尼加拉瀑布秀給我看過的奧義——用兩根手指施展的扇霸，也就是扇貫的衝擊波。蒸汽錐的破片有如散落的櫻花瓣一樣飛舞。

幾乎收縮成一直線的衝擊波，「轟────！」地從雪花打開的破洞射進蕾芬潔的圍籠之中。

「──嗚──！」

一如雪花的預測，衝擊波並沒有擊中往後退下的蕾芬潔本體──而是撞在樹根密集排列的圍籠內牆，接著一邊「唰唰唰唰──！」削著內牆一邊繞圈起來，就好像丟入一個圓鍋子的彈珠會沿著鍋內繞圈圈一樣。

「……嗚……嗚嗚……！」

逃到護牆中心位置的蕾芬潔不斷轉頭，看著宛如龍捲風的暴風在圍籠中亂竄的景象。原本綻放在她周圍五顏六色的花朵與葉片，都被化為狂暴東洋龍的扇貫衝擊波吹颳亂舞著。圍籠內部現在簡直就像被拿起來搖晃過的雪花球。

沿著內牆繞了好幾十圈、慢慢衰減速度的扇貫雷射最後──「沙沙沙沙沙──！」地貼著地面附近繞圈，把地上的所有東西都削斷。包括樹枝與樹根的皮，葉片與花朵，以及散開在地面的──蕾芬潔連結自己與在場這些植物的長髮。

「──！」

「──！」

總算理解我用意的蕾芬潔與雪花都瞪大了眼睛。

就好像海卓拉與阿斯庫勒庇歐斯的關係一樣，將在場的植物群有如手腳般操縱的──是成為它們大腦的蕾芬潔。

而我現在藉由切斷扮演神經角色的頭髮，將大腦與身體切開了。

結果不出所料……到剛才還把燃燒的枝葉浸到融化的冰水中滅火的植物，以及越過火焰準備攻擊我和雪花的植物群……都一起停止了動作。

有的植物當場垂下枝葉，有的則是像喪失視力般迷失了我們的位置。生存下來的蘇伊莫亞群大概也因為從剛才就被強迫擺出勉強姿勢的緣故，「啪啪啪！」一地接連倒下。

「……！……」

雪花見到這片森林有如變得全身癱瘓的景象後——彷彿氣力放盡似的，跪著膝蓋深深吐出一口氣。

接著大概是已經把體力跟超能力都耗盡的關係……本來火勢就已經變小的火焰完全消失了。對卒的症狀只要安靜休養就會慢慢消退，不過現在雪花的表情看起來是用插在冰塊地板上的軍刀撐住全身重量，光抬起頭來都很吃力的樣子。

「……」

在燃燒的森林中，蕾芬潔轉頭環視著滿目瘡痍的園籠……不發一語，只是很不甘心地對我瞥了一眼。她大概也明白，就算重新把頭髮跟植物群連接起來，也只會被我再次切斷而已。這下勝負已分了吧？

我甩甩手揮散森林中飄出來的火花，走向雪花。

結果她卻用很凶的眼神朝我瞪來……

「……你撒謊了是不是？你明明說要殺掉上校的。」

她並不是對於我只讓蕾芬潔喪失戰鬥能力卻沒有殺掉她的結果在生氣，而是對於我為了讓雪花停止絕鬥所演的那場假戲感到憤怒的樣子。但不管怎麼說，至少我確認了雪花姑且算是平安無事，所以……

「不，我是真的斷送了她的性命啊。頭髮不就是女人的生命嗎？」

我開玩笑地這麼回應雪花。

接著走向蕾芬潔的圍籠……靠近雪花用秋花撞開，又被我用扇貫擴大的破洞，然後……叩叩叩。

「蕾芬潔上校，我要以違反組織性犯罪懲處法的嫌疑逮捕妳。乖，出來吧。」

敲一敲對我來說要鑽進去有點小的那個破洞上方，向對方勸降。

蕾芬潔則是將剛才被扇貫的暴風吹歪的納粹軍帽重新戴好後……

「……呵呵……！」

把手背放到嘴邊，小聲笑了一下。到底有什麼好笑的？難不成她腦袋壞掉了？

就在我如此疑惑皺眉的時候……沙沙……

一朵大紅花撥開蕾芬潔的頭髮，從底下綻放出來。

沙沙、沙沙，從她頭髮各處的內側接著同樣開出其他的巨大花朵，有紅色、白色、黃色、藍色、紫色——一朵又一朵的花，無止盡地擴散範圍。雖然她身上穿的是黑色制服，但那模樣簡直有如盛裝打扮的新娘子。那些巨大花朵就像霓虹燈一樣發光起來，照得蕾芬潔閃亮耀眼。

「……！……」

正當我看見那美麗又教人毛骨悚然的同時開花景象而講不出話的時候……蕾芬潔的制服背部……忽然開始蠢動膨脹。接著從底下出現使人聯想到蝴蝶翅膀的巨大五彩花瓣，「啪沙……！」地展開。蕾芬潔的制服似乎從一開始就在各處保留有能夠讓東西從底下伸出來的縫隙，從她的尾骶骨附近也伸出了好幾根荊棘。

——見到那模樣，我的腳本能性地往後退下。

不是因為那異樣的外觀，而是因為蕾芬潔身上散發出的魄力……一秒一秒地增大。彷彿在主張她至今讓人看到的模樣只不過是虛像，彷彿假扮成人類的魔物終於現出了真面目。

貝茨姊妹、小夜鳴（弗拉德）、希爾達這些半人半妖的存在當場閃過我腦海。

那些外觀有如人類與動物混合的傢伙們，每當改變姿態就會增加強度。

而蕾芬潔的這個現象，恐怕就是那種變身能力的植物版……！

「蕾芬潔，妳這傢伙……居、居然跟庫洛莉西亞、交融了嗎……！」

雪花瞪大眼睛如此驚叫。

庫洛莉西亞——是據說與蕾芬潔締結盟約的列庫忒亞女神們。

原來她們不只傳授了在場這些植物以及操控方法給蕾芬潔而已，也把自己的姿態與力量分給了蕾芬潔，潛藏在她體內。雖然平常都隱藏在人類的外殼底下，不過可以按照自己的意思顯現出來。就跟那些半人半妖一樣，透過變身的現象……！

現在蕾芬潔的存在感——比貝茨姊妹、弗拉德與希爾達還要巨大。

如果說貝茨姊妹是魔兵，蕾芬潔就是魔將。

如果說弗拉德與希爾達是魔物貴族，蕾芬潔就是魔物王族。

……是花的……魔王……！

「你們感到光榮吧。畢竟我本來可沒打算讓你們看到這身姿態呀。」

就跟之前在燕峰閣初次見面的時候一樣，恢復冷靜口吻的蕾芬潔——筆直往前走去。彷彿把站在她斜前方的我當作不存在似的，連瞧都不瞧一眼。

接著伸出手指，觸碰開始被火延燒而冒出濃煙的樹根圍籠……「啪嘰啪嘰啪嘰」地……把剛才我們靠手槍子彈、炸裂彈和秋花都沒能完全破壞的那個護牆輕易就扳開了。明明她纖細的手臂沒有改變任何形狀，卻有如某種不屬於人類的力量寄宿其中一樣。

「沒錯，雪花。就像我剛才對金次說過，現在的我是神——庫洛莉西亞。」

蕾芬潔走在浸水的冰塊地板上，來到我和雪花之間。

明明她的臉也沒有轉過來，我卻能知道她在看我。明明她也沒有觸碰到我，卻有一種彷彿內臟被抓住的難受感覺。

我雖然一直以來都被揶揄是非人哉人類……但是像這樣面對真正的非人哉人類時，就會明白自己終究只是人類。這傢伙的等級完全不同。

不，就算這樣，我以前可是對付過好幾個自稱是神的敵人。如果是在萬全的狀態下，我應該至少可以找到什麼扭轉劣勢的一絲希望。但現在的我已經是耗盡渾身解數之後，雪花也跪在地上連起身都辦不到。

相對地蕾芬潔則是……幾乎無傷，現在才終於從寶座往前走了幾步而已。

「來，開戰吧。」

蕾芬潔伴隨著有如穿透身體的放射線般超自然的聲音如此說道後——

——雪花旁邊忽然傳來『啪哧！』的聲響。

那攻擊速度實在太快，連爆發模式的動態視力都沒能捕捉到。事發後我才總算理解，是聚集成像樹幹一樣粗的荊棘鞭子甩到了雪花。蕾芬潔現在似乎可以藉由類似無線遙控的力量下達指示，發動植物攻擊了。

雪花有如被新幹線列車撞飛般，連慘叫都發不出來就飛進了燃燒的森林中。她的身體硬生生撞在樹幹上，發出恐怖到讓人想要摀住耳朵的聲音。從水手服的衣襬下濺出鮮血，與因為火災熔解了天花板而再度下起的雨滴互相碰撞。

像個被丟出去的人偶一樣倒落在冰塊地板上的雪花……把因為遠山家特有的耐打體質而沒放手的軍刀當成拐杖，撐起上半身。一頭凌亂的黑髮蓋在臉上，呼吸也短促虛弱——然而唯有不畏戰的精神依然存在，勉強回到單腳跪下的姿勢。

「——！」

看著雪花的我腳下，這時忽然傳來像是地雷爆炸的衝擊。是鋪在冰塊地板下面發條狀的樹根把我連同冰塊一起彈開，飛往蕾芬潔的方向。

附著於燃燒樹木上的彈簧狀植物接著朝飛在半空中的我彈射撞擊，讓我在空中加快速度。

從蕾芬潔背後伸出來的荊棘鞭子從側面進一步毆打我，讓我甚至加速到亞音速。

我的背就這樣——伴隨有如炮彈著彈似的巨響撞在樹木上，把樹幹都彎到幾乎要折斷的程度。我從背部撞上樹幹完全只是運氣好而已，要是身體正反面顛倒，我應該就當場喪命了吧。

「嗚……咳咳……！」

來自地板下的打擊、空中的連續毆打再加上撞擊樹幹造成的傷害……非常嚴重。

我雖然一時忍住湧上喉頭的血，但咳嗽的同時還是激烈吐血了。

由於剛才在空中是從各種不規則的方向接連遭到打擊，力道隨著加速又會不斷改變向量——所以我沒辦法正確施展橘花，結果所有的打擊都幾乎是完全由身體承受了。

「……怎麼啦？為什麼不開槍？為什麼不揮刀？明明現在終於開戰的說。雪花，不用跟我客氣。拿出妳的真本事吧。我和妳的交情那麼深，不是嗎？快，站起來，跟我交手。我會把妳優美地淘汰掉——」

蕾芬潔講得好像我們到剛才為止的那場死鬥根本還不是重頭戲一樣。

不，對她來說真的是那樣沒錯。我們剛才拚命戰鬥的對象，是生長在這裡的植物群。我們和蕾芬潔本身，其實才剛開始交手而已……！

「……」

「……！……」

我在對方發言挑釁的期間，好不容易才站起身子……但一邊燃燒一邊蠢動的草木群，有如散發著『要死一起死』的氣氛把我包圍起來。單腳跪在地上什麼都不能做的雪花也是一樣。

假設就算我們有辦法穿越這片魔物樹林——也已經沒有力氣再跟超越了人類的蕾芬潔對峙了。幾乎就在我爆發模式的腦袋得出這個結論的同時，蕾芬潔嘆了一口氣。

「這樣簡直就跟當年靠閃電戰鎮壓了比荷盧時沒有兩樣嘛。我本來還期待你們日本人可以更激烈抵抗的說，實在掃興……那麼，詛咒之男．金次，首先從傷害了這個高貴徽章的你開始處刑吧。」

蕾芬潔指著被扯破的卐字臂章，從軍帽下冰冷地看向我。

——人類比神弱小。這是明明白白的道理。

確實，我以前曾經贏過緋緋神。但是像那種人類贏過神的大爆冷門狀況可不是隨隨便便就有辦法重演。人與神之間的等級差距是無可計算的。

我這次搞不好真的會死。

不，根本不是什麼『搞不好』而已。

人會死，會被殺，這是理所當然的事情。這就是蕾芬潔的戰爭。這裡是蕾芬潔的戰場啊。

沒有經歷過戰爭的我，心中頓時湧起怯懦的感覺——

——就在這時出現了另一個氣息，揮散我的怯懦。

知道戰爭為何物的人特有的鬥志，從雪花的方向再度燃起。就像火舌竄升般。

（……！……）

雖然雪花依然跪在地上，一點都無法動彈……可是她的存在感越來越強烈。

我可以知道，在雪花體內有某種力量正大量湧現。

那是——

（爆發模式……！）

然而，現在從雪花身上感受到的那個力量——是全新的東西。

那和普通的基本爆發（Normale）、瀕危之際的垂死爆發（Agonizante）、白日夢的幻夢爆發（Reverie）都不一樣。跟異性陷入危機時發動的狂怒爆發（Berse）、王者爆發（Regalmente）也相異。感覺上，最像的是大哥以前用過的父權爆發（Mundio）但依然是不同的東西。

那到底、是什麼？即便靠我現在變得敏銳的感知，也看不出來。

未知的爆發模式——真要講起來，就是第七種爆發模式。

那個力量，很強。雪花靠幻夢起爆，鏡裡三重施展，加上絕鬥的垂死爆發提升過的爆發模式，現在又進一步強化了。而且是一口氣加倍。

另外，我直覺上知道了一點。這個第七種爆發模式，跟雪花的肉體性別沒有矛盾。那恐怕是女性專用的爆發模式……！

就好像男性的基本爆發會有狂怒爆發或王者爆發等等衍生型態一樣，本來被認為只會變弱的女性爆發模式，原來也有使身心強化的衍生型。

「這、這是，原來如此……原來是這麼回事……蕾芬潔，妳高興吧。看來本人還可以稍微再跟妳交手一段時間了。」

對於自己發動的第七種爆發模式——雪花似乎心裡有個底的樣子。

「然後，金次。本人的這個現象跟你是有關係的。所以或許你會驚訝，但本人還是告訴你吧。」

「不用擔心啦，雪花。我的人生接連發生過太多值得驚訝的事情，驚訝的神經早就麻痺了。不管妳告訴我什麼，我都不會驚訝的。」

聽到我這麼說，雪花微微露出苦笑看向我——

「本人現在，是你的母親呀。」

——竟講出了這種話。

「……！……？」

我驚訝了。驚訝到連話都講不出來。那、那到底是什麼意思？什麼母親？

雪花、是我的……母親？

「這是母對，是母親為了保護孩子而發動的返對。由於你和本人是男女，身體上的年齡也沒有太大差距的緣故，似乎讓本人長期以來困惑了許久——不過看來本人心中的某個角落在不知不覺之間，把你感受成自己的孩子了。就在本人把你認知為下個世代的近親者，看著你和本人酷似的容貌，並反覆心領神會的互動之中，讓本人萌生了那樣的感覺。」

母對——如果要取名，就是「母性的爆發模式」，母性爆發(Materno)。

這真是讓我早已麻痺的驚訝神經都清醒過來的衍生型啊。

不過這樣聽起來，就跟我感受到的印象相符合了。母性的爆發模式當然就是女性專用。而且跟以前拯救金天的時候，大哥在首都高發動過的父權爆發——也就是遠山家的男人在遇到小孩陷入危機時會發動的「家長的HSS」會很相似也可以講得通。畢竟那時候的狀況也一樣，即使金天並非大哥的小孩，大哥還是發動了父權爆發。

爆發模式本來是為了傳宗接代的特殊體質，因此會有保護年幼者的衍生型態也沒什麼好奇怪的。而其中的一種衍生型，就是這個母性爆發了。

之前雪花說她喜歡上我，或許在某種意義上——是類似母性萌芽的一種自然感情吧。畢竟母親會喜歡孩子是當然的事情。

即便如此，在雪花心中依然存在著『自己究竟是男還是女？』以及『要把金次視為男性還是兒子？』這兩項迷惘，導致她的爆發模式長期以來狀況欠佳。然而在現代世界生活的過程中，雪花應該一點一滴地認同自己是女性了。她心中的母性隨之萌芽，而在本能上把跟自己很像的親戚，也就是把我強烈認知為自己的兒子。相對地，我之所以會感覺雪花是**無可取代的女性**——可能就是把她感受為自己的母親吧。在這樣的相互作用下，使得雪花身為母親的爆發模式——母性爆發覺醒了。

然後——保護孩子的母親是很堅強的。沒有例外，都很強大。母性爆發之所以會產生比狂怒爆發或王者爆發更大幅的強化效果，也許就是為了讓自己成為保護孩子最後的堡壘吧。

「雪花呀，妳講的話，我聽不太懂意思。不過……最後的部分讓我很高興。妳說妳還能繼續跟我交手是吧？那就別只是稍微，盡情大戰一場吧。」

蕾芬潔妖豔地搖曳著背上的花朵——緩緩走向雪花。

「不，就只是稍微一下下。」

相對地，雪花看起來即使靠母性爆發的力量還是無法起身的樣子。她依然把刀插在冰塊地板上，被冰水浸溼的腳還在發抖。

……不對，那是……

「我不認為只會怕冷顫抖的妳，還有辦法跟我『稍微』交手喔？」

蕾芬潔有點不滿地如此說道後……

「那不是在顫抖，是她的習慣動作啦。叫窮抖腳。我不曉得在德文要叫什麼就是了。原來在這種時候也還會有那種習慣啊。」

我這麼告訴蕾芬潔，並強忍著全身的疼痛，走在燃燒的樹叢中。

「那種講法不夠 smart，這應該叫富抖腳才對。」

如此表示的雪花和我——母親與孩子之間，心領神會。不需要言語，我就知道了，雪花。我知道妳想做什麼，也明白為了那個目的，我現在應該做什麼。

著火的葉片和果實為了割傷我而不斷飛來，或是為了用碎片殺害我而接連爆炸。但這些我都已經習慣了。只要擠出最後的力氣，我依然能夠用手槍和變鈍的短刀擋開那些攻擊。雖然又多了幾處傷口，不過我已經不在意。只要再往前走十步就好。再五步就好──

──就這樣，我站到蕾芬潔與雪花的中間。

雪花是抱著相當大的覺悟在做**那件事**。有如特攻精神般，伴隨必死的覺悟。

但是我相信她，相信雪花沒有要死的打算。畢竟要守護現代，就是同時必須守護現代的精神──我想我已經充分告訴她這點了。因此不管那麼做的結果如何，我都相信雪花會活下去。

戰鬥開始之後，已經過了相當一段時間。照這樣下去，哈巴谷號應該很快就會在擇捉島靠岸了。所以就像雪花說的，只要『稍微』交手一下就好。

而現在為了雪花，必須爭取那稍微一下下的時間。因此──我要守護她。

「蕾芬潔，能夠在一個晚上看到兩次這招的人，我想妳是史上第一個吧。」

渾身是傷的我，在這片死亡森林中已經連一步都走不動了。

但是，那樣就好。因為這是不需要走動的招式。

──雙臂，如橫木。雙腳，如立木──

只不過這次我要把右腳往前伸，稍微把身體放低。

「我不會再讓妳碰到雪花一根寒毛。妳最後的對手，是我。」

說著——我擺出絕鬥的架勢。

剛才雪花靠絕鬥保護了我，這次換成我保護她。

然而這動作其實不只絕鬥。我還開始施展另一個奧義，並且不讓蕾芬潔發現。

光是施展一招就需要把精神集中到極限的招式，我同時施展兩招。而且其中一招還是我從來沒有用過的大招。但由於我現在已經戰鬥到渾身是傷，爆發模式也有點進入瀕死狀態。面臨死亡之際的垂死爆發，沒有任何辦不到的事情。我絕對要成功。

「為什麼要拒絕透過戰爭促使人類進化？你也是想要讓時代逆行的人嗎——」

蕾芬潔說著好像我跟N抱有同樣想法似的發言，並射出荊棘長鞭。

——磅！荊棘在衝撞到我之前就發出達至超音速的聲響，而我用亞音速的短刀將之彈開。剩下一部分撞到我體內的衝擊則是靠絕鬥傳送至正下方，讓我的腳下濺起水花與碎冰。不過只有我的右腳而已，因為我靠著絕鬥如此控制力道的流向，左腳則是繼續為即將到來的攻擊做準備。

「的確——如果戰爭爆發，每個國家都會為了生存下去而讓科學技術有飛躍性的發展。這或許是客觀性的事實。但是，即便如此，那還是不對的。進化本來的目的應該是為了變得幸福。要是為了進化而引起散播不幸的戰爭，根本是本末倒置。我們應該保持和平，只要一邊試行錯誤，一點一滴慢慢進步就好。跑太快的小孩，可是容易跌倒的喔。」

蕾芬潔透過遠端操縱駕馭燃燒的森林，讓有如旋轉圓鋸的樹葉和有如大鐵球的果實朝我攻擊而來。而我則是靠著絕鬥，將它們一一彈開。

由於是站在冰上，而且姿勢並不標準，導致我每防禦一次，左腳就會一點一點往後退。讓所有傷害通過的右腳也感覺隨時要粉碎了。但我依然把開始沉入冰中的右腳當成固定木樁，將左腳拖回來。

「試行錯誤——錯誤可是蠢材才做的事呀，遠山金次。」

「靠試行錯誤就可以了。世上沒有人不會犯錯。像我也是——哎呀，雖然我可能要算是失敗太多的類型啦，不過也是一樣的。世上的大家每天都過著反覆前進三步又倒退兩步的日子，但依然努力保持著不要戰爭的世界一路前進到今天。妳不曉得的戰後世界，一直都是這樣過來的。這就是現代啊……！」

彷佛象徵著現今的世界、現今的日本一樣，我靠著專守防衛的絕鬥撐過接連而來的攻勢。將無止盡的衝擊帶往地下，造成的反作用力讓腳下濺起混雜鮮血的冰水。血水與天花板落下的水滴碰撞，映著森林大火的紅光在空中飛舞。景象有如隨風飛散的櫻花瓣。

「『這片……櫻花吹雪……！』」

我和雪花異口同聲地大叫——蕾芬潔露出「……？」的表情看向周圍。

她總算注意到啦。震度已經是二級了。

現在，這艘冰山航母哈巴谷號正在搖晃。巨艦整體都在震動著。震度從二級又上升到三級。反正已經穿幫了，於是雪花毫不客氣地提升震度。不再假裝是微微抖腳的習慣，而切換成正常的動作。我和雪花都靠寸勁的踩踏技『秋草』對自己的正下方製造震動，然後配合迴盪的時機再製造下一波震動，如此反覆。就好像韻律體操選手讓波動的彩帶無限增加振幅。

——陸奧——

這是在小範圍中引起激烈地震的遠山家奧義之一。

……隆隆隆隆隆隆隆……！震動使得冰山航母都震盪起來，而且震得越來越激烈，一點也不停息。現在震度從四級上升到五級了。森林有如被強風吹掃似地沙沙作響，從枝葉灑出的火花到處飛濺。

「……嗚……！」

總算注意到這是一種攻擊的蕾芬潔瞪大凹陷的眼睛，接著她也立刻發現自己沒有手段能夠對抗或防禦，臉色頓時發青。對，沒有人能夠對抗地震。就算是花的女神庫洛莉西亞也一樣。

「妳可別說！」

如此吶喊的雪花——「轟轟轟轟轟轟轟！」地踏響單腳，讓哈巴谷號的地震增強為七級劇震。不只如此，冰塊地板上以雪花為中心，每隔最終震幅的整數倍距離處出現一圈一圈的同心圓——噴發出好幾圈的火焰。

那些呈現多重圓形的火焰，是將陸奧的震動調整到會在地底產生摩擦，讓震動會伴隨噴火的陸奧業火。不過雪花引起的火勢比遠山家的書卷中描繪的等級強了好幾倍。她想必是把陸奧業火跟緋焰・焦壁組合在一起的吧。而我就在那火牆與火牆之間——

「妳不記得了！」

——轟磅磅磅磅磅磅磅磅磅！用持續傳送震動的左腳施展沒練習過就硬上的陸奧招式。

這招叫繼接陸奧，是兩個遠山家的人合併陸奧的招式。就好像一大群人玩大跳繩會讓整棟體育館都跟著搖晃一樣，震動與震動是可以加乘的。雖然這招聯手技要是時機抓得不好，也可能有讓先發動的陸奧被削弱甚至完全被抵消的風險——不過我們是母子，心息相通。我成功讓自己的震度七級累加到雪花的震度七級上了。

氣象廳設定的震度分級最高只有到七級的「劇震」，不過震上有震。

——吃我們這招吧——！7＋7，這是——震度十四級的「超震」！

——隆隆隆隆隆隆隆隆隆隆隆隆隆隆隆隆隆隆隆——！

宛如世界末日般的轟響從我和雪花兩個震源處往外擴散。眼前可見的所有樹木都應聲倒下，寶座被掉落物砸到粉碎，所有物體都掉落到地上，又被震到半空中，在多重圓的烈火颳燒下不斷碰撞、毀滅。被震得亂七八糟的可不是只有花草樹木，地震不會放過任何東西。牆壁也是、地板也是、天花板也是，不論前後左右上下，所有的冰塊都逐漸碎裂。

化為巨大雞尾酒搖杯的大廳——轉眼間連搖杯本身都開始崩壞了。從裂開的天花板縫隙間，組成上層結構的冰塊坍方掉落。重量因此失去平衡的艦體開始傾斜，讓崩壞更加惡化。轟隆……！啪嘰啪嘰啪嘰……！隨著陸奧的震動聲漸漸平息，艦內各處取而代之地傳來彷彿大量魔獸蠢動的聲響。那是因為船艦本體重心偏移，導致天花板、牆壁與地板的龜裂範圍越來越廣的聲音。

在到處出現龜裂縫隙，嚴重傾斜的冰塊地板上——

「實屬僥倖，沒想到哈巴谷號竟如此脆弱……！」

為了不要被滾動的樹根或冰塊砸到，和我一起避難的雪花如此說著，露出苦笑。看來她並沒有料到這艘巨艦會被陸奧破壞到這種地步的樣子。

不過這對我來說其實是在預料的範圍內。二戰後發展起來的地熱發電方式——增強型地熱系統是藉由將地底巨大岩層的縫隙擴大以抽出熱能的一種技術。而這個讓縫隙擴大的步驟並不是從外側破壞，而是將水注入岩層縫隙的內部，利用水壓擴張縫隙的。像岩石或冰塊這類高密度的物體，其實如果從內側受到衝擊就會輕易破裂啊。

到處裂成鋸齒狀的大廳冰牆，彷彿要把所有東西都往中央集中似地，朝內側逐漸壓迫。哈巴谷號的艦體被海面下的水壓擠得開始變形了。在冰塊地板的巨大裂縫之下，就是遠處的黑暗、靜靜搖盪的大海。

在這有如化為地獄情景的大廳中——隆隆隆隆……伴隨地震般的聲響，巨大的雨樹倒塌下來。順勢彈起的樹根被陸奧業火的烈焰包覆，看起來簡直像魔王的巨大手掌在燃燒一樣。

蕾芬潔在燃燒倒塌的樹木群推擠中，背上與頭髮上的花朵也都變得破破爛爛，全身癱坐到地上——

「……」

她始終一臉呆滯地，看著自己的魔宮、原本為了當成花之女神們的橋頭堡而準備的哈巴谷號崩塌損毀的景象。冰製的艦體逐漸毀壞的聲響，聽起來有如一片痛苦的哀號。

接著不久後——

蕾芬潔在傾斜的地板上站起來，挺直穿著黑色制服的身子，轉朝我的方向。

「我雖然從以前就知道雪花的事情了……但老實講，我到現在還是搞不清楚你。詛咒之男，遠山金次。你究竟是何方神聖？」

如此詢問的她，臉上露出做好覺悟要與這艘冰山航母同生共死的表情。於是——

「只是從一間成績較差、個性較野蠻的學校出來的待業人士啦。不過最近我也開始有點搞不清楚自己究竟是什麼人，因此有在考慮要踏上尋找自我的旅程就是了。我想妳肯定也需要一點時間重新審視今後的自己吧。所以說——來吧，蕾芬潔，我們離開這艘艦。」

我一邊保護著把身體靠向我的雪花，一邊把手伸向站在碎冰與倒樹另一側的蕾芬潔。然而……蕾芬潔沒有過來。

她轉頭望向被砸到粉碎的寶座——左右兩側勉強還掛在牆上的卐字旗。

就在這時……伴隨直劈耳內的巨響，更多的冰塊掉落到我們和蕾芬潔之間。是分隔上層與這裡的天花板有一大部分崩塌了。

早已消失了好幾盞的照明燈又變得更少，讓大廳內部漸漸變得昏暗。除了蕾芬潔所在的寶座附近。

「……蕾芬潔！妳快過來！」

雪花大叫的同時，大量冰封的花朵從天花板灑落到蕾芬潔周圍，有如一顆顆斗大的寶石化為一場雨般。

緊接著，原本裝飾在上層的古董家具、魔女連隊創始成員們的肖像畫等等也陸陸續續掉落下來。那些東西被花草樹木的火焰點燃，漸漸燃燒消逝的景象——有如象徵著蕾芬潔夢想的未來與燦爛的過去同時從這個世界消失了。

環顧那些情景後——

蕾芬潔正面朝向卐字旗，靜靜地、優雅地高舉起右手。

對自己宣誓效忠的對象直到最後都不失驕傲，不亂心緒。

「元首閣下，希姆萊閣下，我……我失敗了。即便如此，我還是希望對人類璀璨的未來懷抱夢想，為自己的人生落下幕簾……」

蕾芬潔直到最後的最後——都沒能從過去那個時代回來。

她的理念雖然對進化抱持執著，她的行動卻拒絕進步……打算跟著過去的那個時代一起消逝。直到最後，她都是納粹德意志第三帝國的蕾芬潔上校。

「——Heil（萬歲）！」

伴隨這句話，她「喀！」一聲併攏腳跟，對黨旗做出納粹式的敬禮姿勢——

蕾芬潔的身影接著便消失在天花板崩落下來的冰塊另一側了。照明燈全數熄滅，讓周圍一口氣變得黑暗。彷彿在告知這場漫長的惡夢總算結束。

現在我們能夠依靠的亮光，只有全數化為黑炭的森林殘餘的火焰。但那些光也隨著各處無止盡地灌入艦內的海水而漸漸消失。再過十幾秒後，艦內就會陷入完全的一片黑暗。

雖然我很想救助並逮捕蕾芬潔——但我和雪花光是要應付緊逼而來的冰塊與海水以及樹木碎片或瓦礫，就已經很吃力了。然後……

「……從冰塊的縫隙跳進海中。我會展開一個浮球。接下來就聽天由命，祈禱我們能夠順利浮上海面吧。」

「了解。」

我和雪花朝著哈巴谷號有如破掉蛋殼一樣的巨大裂縫邊緣移動——最後一段的傾斜角度太陡，讓我們還必須用爬的才總算抵達。

從這裡往下看，約二十公尺遠的地方有一片廣闊的水面，上面也漂浮著從大廳落下的冰塊與燃燒的植物殘骸。為了不要撞到東西，我用爆發模式的視力慎重挑選落水地點……在這個空間變成完全黑暗的一秒前，拉起雪花的手準備往下跳。

就在那瞬間，有如大戰時代到死之前都絕不放棄的軍人一樣——食人植物蘇伊莫亞即使全身焦黑也撲了過來，剛好就朝著我和雪花牽在一起的手跟手之間。

「——！雪花！」

「……金次！」

在黑暗之中，我和雪花雖然躲開了蘇伊莫亞——但卻不得不把手放開了。

然而我們也沒辦法中斷往下跳的動作，只能在伸手不見五指中掉了下去，途中還好幾次撞到凹凹凸凸的冰牆。

（——嗚……！）

我全身掉落到冰冷的大海，深深地、深深地沉入其中。雖然在黑暗的海中揮動雙臂，卻碰觸不到雪花。她掉落到跟我不一樣的地方了。

我靠著浮力確認自己往上移動的同時，朝下方射出剛才從拋彈殼孔裝入貝瑞塔的氣囊彈。在平賀同學的說明書上寫說，即使在宇宙空間也能展開的那個子彈內部的氮氣產生器被點燃，眨眼間讓矽氧樹脂製的氣囊膨脹起來。我接著在水中抓住那個朝我漂浮而來的氣囊——「嘩沙！」一聲浮出黑夜中的海面。

在星光照耀下隱約可見的周圍是一波波朝我推來的海浪，天空還下著粉雪。

「……呼！呼！……」

即使空氣冰冷得彷彿會讓肺凍傷，我還是深深吸氣，調整呼吸，並環視周圍。

朝我推來的海浪分成兩種，一種是海流，另一種則是隨著轟響破裂，在破裂途中又因為本身的重量進一步破裂的哈巴谷號推動海水形成的海浪。

抓著氣囊的我在海浪推動下，逐漸遠離那片有如白色高樓大廈倒塌似的恐怖景象。無數的哈巴谷號碎片被海流沖散，讓四周一整片都是冰塊。在那些冰塊下……燃燒成灰炭的植物群沉入黑暗的海底。連同魔女們的肖像畫、卐字徽章旗、Kettenkrad、Icebell 等等納粹德國的遺物。

我抓著當成浮球的氣囊——為了告訴雪花自己的位置，朝著即將黎明的夜空射出照明彈。並且靠著那道光尋找雪花的蹤影，可是附近卻完全沒看到。

（……雪花……！）

就算剛才是在一片黑暗中落下，我們掉落的位置應該也不會差太遠才對。難道她撞到冰牆昏過去了嗎？還是在海中被夾在冰塊之間，或者被巨大的冰塊壓在下面沒辦法浮起嗎？說到底，雪花本來就不太擅長游泳，而且在剛才的戰鬥中受了嚴重的傷。該不會——已經被這片波濤洶湧的大海給吞沒了吧？

意思是說雪花她……為了守護擇捉島，為了守護日本，甚至為了守護這個世界而戰亡了嗎？

終究無法反抗命運的力量，跟著蕾芬潔一起喪命了嗎……！

「——雪花啊啊啊啊——！」

即使我全力吶喊，也聽不到回應，四周只有風聲與海浪的聲音。

在那片聲音之中，正當我不禁咬牙的時候，我的耳朵捕捉到另一個聲音了。

……啪唰啪唰……是水濺起的聲音。並非自然的海浪聲。

這是──

（打水聲……！）

聲音從東方傳來。於是我轉朝那個方向，看到黎明將近的天空逐漸泛白。在東南方的遠處、水平線附近可以看到凹凸的稜線，是擇捉島的島影。

而在那片背景中，哈巴谷號的碎片之間……

（──雪花……！）

是雪花！她勉強在游泳。以時速一公里左右、教人感到心急的遲緩速度，但確確實實地朝著我的方向游來。一如我之前在燕峰閣教過她的，吐氣之後立刻吸氣，注意不讓身體往下沉。

她用只把右手伸向前方的笨拙動作打水，「啪唰啪唰……」地好不容易游到了這裡。於是我抓住她往前伸的右手，緊緊地抓住。

我用力把她拉起來，讓她趴到氣囊上之後……

「哈哈哈！正所謂有備而無患。幸好之前有水練過啊。」

雪花吐著白氣，對我露出笑臉。

接著，她「嗯……！」地把力氣注入左臂──「嘩沙！」一聲從海中撈起來推到氣囊上的是……

「……！」

雖然全身癱軟，不過確實還活著的──蕾芬潔。怪不得雪花剛才游得那麼慢。

「原來妳在海中找蕾芬潔，才讓我等了這麼久。害我擔心死啦。」

「因為上校的頭髮上有會發光的花。在那光消失之前，剛好讓本人在海中看到了。」

「雖然就武偵法來說這樣也幫了我很大的忙。可是居然把差點殺掉自己的人救起來，雪花妳也太天真了。」

「你才該罵。那個軸心不穩的笨拙絕門是成何體統！還有陸奧也是，明明可以再提早個幾秒鐘震盪的。照你那樣不成熟的功夫，不用多久又會差點喪命啦！」

雪花身為遠山家的前輩，毫不留情地對我如此批評。這人真是嚴厲。

就在爆發模式已經稍微冷卻的我露出有點沮喪的表情時——

「……不過，你做得很好。」

雪花用沾溼的手掌摸了摸我的頭，就好像母親在對待考試及格的兒子一樣。

（……）

那個動作讓我真的有種遇到新媽媽的感覺——霎時心跳加速。明明在冰冷的海水中卻彷彿胸口變暖似的，心情非常高興。

雪花的笑臉依然是凜然不輸男性，然而她的姿態優美，內心充滿將我溫柔包覆的母性。

既像男人，又像女人。雪花沒有完全保持男性的特徵，也並非一口氣變成了女性。不過……雪花其實只要那樣就好了吧。感覺就是我的母親啊。

「……嗚嗚……咳！咳！……」

吐著海水又咳嗽的蕾芬潔——頭髮上的花朵一分一秒地萎縮著。果然那些花如果沒有哈巴谷號的植物群提供養分就沒辦法保持的樣子。也就是說，現在的蕾芬潔只剩這瘦弱的身體而已了。

「幸好這裡是日本領海呢，蕾芬潔。妳就讓我逮捕，接受日本法院的判決，我想應該會比妳被俄國抓去的下場來得好。所以妳可別再逃囉？」

我像抓貓一樣揪起已經無害的蕾芬潔的領子。嗚哇！也太輕了吧！雖然因為她很瘦所以特別讓人有那樣的感覺，不過女孩子為什麼都這麼輕呢？

「……為何、要救我……為何、不讓我死……我在這個時代，連個朋友都沒有。如今失去哈巴谷號，沒能完成元首命令第二十四號，這人生是失敗的。我本來想說至少要死得乾乾脆脆，投胎重新來過的說……」

雖然不清楚實際年齡多少，但外觀上看起來大約十四歲的蕾芬潔滴答滴答地流下眼淚……讓我覺得於心不忍，就放開了揪住她領子的手。

結果她趴到浮球上的臉跟雙拳用力顫抖，「嗚哇啊啊啊……」地嚎啕大哭起來了。

「妳問為什麼，但理由不就是妳自己也說過的話嗎？」

「？」

聽到雪花溫柔回應，讓蕾芬潔把臉稍微抬了起來。

「日本和德國是同盟國家。這點至今也是一樣。而拯救友軍是理所當然的事情。妳還有友軍——換言之，還有本人這個朋友啊。今晚，咱們各自都拚上全力執行了大本營與元首分別賦予咱們的使命。縱然成敗有分，但都已結束。既然已經結束，從此刻開始便是新的人生了。就好像六十五年前，所有的日本人以及所有的德國人一樣。」

「沒錯，蕾芬潔。你們那個時代的人很不好的地方是動不動就想死。雖然現在這個時代也有成天夢想著『如果投胎轉世希望怎樣怎樣』的傢伙，不過人生就只有一次。但至少那一次是保證一定有的。只要還活著。所以妳要活下去，活著脫胎換骨。用妳現在擁有的那個人生。」

被雪花和我如此說道的蕾芬潔……低下深綠色的眼睛，臉頰紅了起來。那模樣與其說是因為戰敗而不甘心的軍人，還比較像被老師或學長姊告誡教誨而感到羞愧的女學生。此時，被黎明的天空染成紅色的大海另一頭，太陽升起了。

綻放好幾道光芒的朝陽也照射到這裡，一視同仁地照耀著渺小的我們。

「──金次，現在是皇紀幾年？」

雪花說著初次見面時講過的那句話，對我露出笑臉……

「現在是皇紀二六七〇年。但現在已經沒有人在講皇紀了，所以要改說是西元二〇一〇年。」

「沒錯。現在是平成二十二年十一月一日的黎明。蕾芬潔，現在已經不是咱們出發前往玲之地的昭和時代了。」

蕾芬潔聽到雪花這麼說，跟著她一起望向東方的水平線。

粉雪宛如融化般止息的東方天空，可以看到漸漸升起的太陽。無論人類的成功或失敗，都總是會照耀並激勵的太陽。

「不管是誰，都沒有辦法抱著過往活下去。如果是已經半世紀以上的過往，就更不用說了。夜已過，天已亮。咱們要活下去。從今天開始，既不是遠山中校也不是蕾芬潔上校——而是兩名女性，雪花與蕾芬潔呀。」

面對挺起胸膛如此說道的雪花……

蕾芬潔深深低下了頭。那動作在我看來就像是點頭回應。

另外，雪花她——說自己是女性。這或許也象徵著將雪花變為男性的那場戰爭，在她心中總算完全落幕了吧。

在逐漸變亮的海面上，如今可以清楚看到已經化為大量普通浮冰的哈巴谷號殘骸。

畢竟我們也不能一直抓在浮球上，於是我左右張望，尋找有沒有可以當成臨時救生艇的浮冰。結果在距離大約五十公尺處的一塊平坦浮冰旁邊，有個黃色的物體載浮載沉。我想說萬一是列庫忒亞的樹果就不妙而仔細一看，才發現我猜錯了。因為那物體浮浮沉沉地游動著，或者應該說沒啥意義地一直在亂動所以讓我知道，那是穿著救生衣的仙杜麗昂。

「那個女的也是命大。」

「要是一直浸在這麼冰冷的海水中，我們也會凍死。就爬到那塊平坦的浮冰上吧。順便把仙杜麗昂也抓起來。」

雪花和我打水推動浮球，朝仙杜麗昂的方向游去。來到近處後，仙杜麗昂也用類似狗爬式的動作游過來，而蕾芬潔也幫忙微調浮球的位置……

「嗚嗚嗚，好冷好冷好冷呀呀呀！」

仙杜麗昂「啪！」一聲抓到我們的浮球上來了。但四個人都趴到上面會讓浮球撐不住啦，拜託妳靠自己身上穿的救生衣行不行？

後來，我們讓浮球靠到剛才我說的那塊表面平坦的浮冰旁邊……一個一個輪流，互相幫忙爬到上面。爬上來我才發現，這塊浮冰看來是哈巴谷號飛行甲板的殘骸。怪不得會這麼平坦。而且無論大小也好形狀也好，感覺剛好就像一艘遊艇。

就這樣，事件落幕了——雖然我很想這麼說，但實在說不出來啊。

如果就這樣順著海潮漂流，我們四個人都會漂到擇捉島上。到時候就會被俄羅斯警察抓到，演變成國際問題登上新聞。然後週刊雜誌也肯定會用『美女YouTuber亂來一通的拍攝活動！』之類的標題大肆炒作。報導中還會貼我眼睛畫黑線的照片配上『企劃登陸北方領土的嫌犯T』的說明文，然後背叛我的理子接受訪問時還會說什麼『我早就在想他遲早會闖禍了。』之類的發言……

正當我想像著這樣末日般的未來，不禁臉色發青的時候……

……閃、閃——閃、閃——閃、閃——……在南方約兩百公尺處的海面上，看到了閃爍的紅光。是摩斯密碼，連打著英文字母的A。

「——是亞莉亞。」

我把手掌放到眼睛上面遙望遠處，便看到潛航艇奧爾庫斯從冰塊之間浮上海面。

金天從艙門處探出上半身，大大揮動握著尋龍棒的手。

於是我和雪花分別朝著奧爾庫斯的方向揮手和揮帽，結果仙杜麗昂也脫下救生衣「He——lp!」地揮舞大叫。這傢伙為了得救超拚命的。

奧爾庫斯為了不要撞到浮冰而歪歪扭扭地航行過來，和我們這塊冰會合。

我接著抓住金天的兩邊腋下，將她抱上這塊冰後……

「對不起我們來遲了！哥哥大人，雪花小姐，你們傷得好嚴重呢……」

金天一臉擔心地看著我們……不過她接著看到蕾芬潔與仙杜麗昂，似乎就明白我們是勝利收場，於是鬆了一口氣。

「我們雖然有到達你們進去的那塊大冰山啦。可是正當我們在水中尋找有沒有入口的時候，冰山就忽然裂開，害我嚇了一跳呢。不過只要想到反正一定是金次你用拳頭還是什麼把它敲碎的，驚訝的感覺也只剩一半就是了。」

亞莉亞同樣從奧爾庫斯的艙門出來，於是我也抓住她的腋下把她抱到浮冰上。可是她明明到頭來也沒趕上戰鬥，沒幫上什麼忙，卻講得一副高高在上的。我要不要假裝手滑讓她掉到海裡算了？

「亞莉亞，妳對我有相當大的誤解喔。就算是我也不可能靠拳頭把那麼大的冰山敲碎吧？太失禮了。」

「我開開玩笑啦。那看起來少說有一百萬噸的大冰塊，確實就算用巡弋飛彈應該也——」

「我是用腳踢碎的。」

「……」

「而且不是只有我一個人，雪花也有一起踢碎。另外，那冰山主要是由於撐不住本身的重量而自我崩塌的，我和雪花只是踹出第一道裂縫而已……」

我親切仔細地如此說明著，結果站在冰上的亞莉亞跟金天不知道為什麼，都臉色發青地看著我。

畢竟她們身上穿的都是水手服，大概是冷到發青的吧？

雖然她們都露出嚇傻的表情各自往後退下一步，讓我有點在意就是了。

「……哎呀總之，幸好能夠在凍死之前跟妳們會合啦。那麼就麻煩妳們用奧爾庫斯拖曳這塊浮冰吧。而且要快一點，別讓俄羅斯發現。雖然我想就算再快也得花上半天的時間啦，不過只要抵達了知床半島——就這樣……」

「事件落幕了。」

就在我被雪花搶走遠山家招牌臺詞最有味的部分時……

升起的太陽在水平線上綻放起格外美麗的光輝。

彷彿在祝福這全新的一天般，又大又耀眼的金色光輝。

Go For The NEXT!!!　早天的嚮導艦

——金色的日出——

那樣子，感覺很奇怪。

好大。太大了。大到很誇張。

太陽會變大這種事，開天闢地以來應該不曾發生過才對。

但是那樣不可能的事情現在卻發生了。更進一步說，我其實以前也有看過。就是和尼莫漂流到無人島時，最後一天早上看到的太陽——當時太陽的光輝同樣異常增大，就跟現在一樣看起來是普通的兩倍左右。

「……！……」

我，接著是亞莉亞，都凝視著東方的水平線不禁屏息。而雪花、蕾芬潔與金天見到我們的樣子也跟著察覺異狀。大家一同望著那異常的太陽，說不出話來。

就在我們都緊張地觀望狀況時，耀眼的金色光芒開始分成上下兩半。宛如從上升的太陽底下又生出另一個太陽似的，有一部分的光繼續留在海面。那不只是因為反射日光而已，還有某種發光物體潛在海中極淺的深度。

從我們這塊浮冰到那個光源的距離，大約兩公里。

我看到那個光，又回想起另一件事。在羅馬的競技場，我打敗獅子頭的銀戒指N成員——古蘭督卡之後……差點被尼莫的超能力瞬間移動到海中。當時我看到自己下方，也就是海底有一道巨大的光芒。那顏色就跟現在這個光一樣。

逐漸變得清楚可見的發光海面……「隆隆隆隆隆……」地緩緩被撐起來，簡直就像從海中誕生了一座黃金島嶼。

「……！」

海面、被撐起來。

這景象，我同樣有看過。就是超阿庫拉級核子動力潛艇——伊·U浮現在太平洋海上的時候。

——那是、潛艇……！

而且是跟伊·U同等級尺寸的核子潛艇。只不過顏色完全不一樣。

伊·U是一整片黑色，然而現在浮上海面的那艘潛艇卻是金色。

……隆隆隆隆隆隆嘩嘩嘩嘩嘩嘩唰唰唰唰唰啊啊啊啊啊啊……！

從流線型的艦上如瀑布般落下來的海水聲音化為大氣震動，傳送到我們的地方。

然後在這片酷寒的海上——那玩意將艦艏朝著我們，浮出海面了。

雖然剛開始因為反射刺眼的陽光，讓人好一段時間都看不清楚，但隨著太陽與艦體的相對角度變化，總算可以看到細節了。我的爆發模式即使一方面因為寒冷而稍微變弱了，不過畢竟原本是垂死爆發，所以現在也只消退到基本爆發的程度。於是我靠著爆發模式的眼力進行分析，那艘艦的金色並不是在雲母或鋁的表面塗上黃漆形成的顏色，而是將純金延展，覆蓋了整艘艦體。照這樣計算，使用的純金總量應該超過一五〇t，不，甚至超過一七〇t。雖然我不清楚為什麼要那麼做，不過——

——那艘核子潛艇的真面目，我倒是立刻就知道了。

（那是「N」——「諾契勒斯」……！）

那個組織名稱，炸開似地浮現在我腦中。

上次前來無人島救尼莫的時候，N同樣是隨著金色的光芒一起出現在海上。而N的成員現身的地區，都是像東京或羅馬等等離海很近的場所。阿斯庫勒庇歐斯和海阜拉盤踞的地點也是位於鎌倉。茉斬前往多倫多之前經由的路徑也是紐約。這些全部都是港灣都市。

而N是諾契勒斯——Nautilus的第一個字母。

他們真正的組織名稱，叫『諾契勒斯』。

那同時也是法國和美國曾經為好幾艘的潛艇或核子潛艇代代取過的名稱。

換言之，N和伊·U一樣是以前潛伏海中的核子潛艇為主基地的組織——！

「總算找到了！那就是『大英帝國最大的失敗』……！覆蓋在那艘潛艇表面的黃金，絕對就是英國被盜的黃金不會錯！」

正如亞莉亞不甘心地露出虎牙所說——

據說近年從英國消失的隱藏財產為黃金一七二t。這和爆發模式的我估算覆蓋那艘潛艇表面所需的質量一致。

那數量之龐大如果舉例形容，就是曾經被稱為黃金之國的日本有史以來所生產之黃金總量的百分之十以上。除非是國家，而且還是像英國那樣的大國，否則不可能蓄積那麼大量的黃金。白雪曾占卜過『被盜的黃金不存在於五大洲的任何地方』，那也是正確的。因為黃金是被披在那艘潛艇上，帶到**海中**去啦。

「雖然沒能推理出那樣藏黃金的手法──不過我、梅露愛特和曾爺爺都有推理出同一個犯人。盜走那些黃金的，就是N的莫里亞蒂教授！」

沒錯，我想也是。那傢伙不只盜走黃金，連核子潛艇都偷走了。能夠辦到那種事情的要不是夏洛克，就只有腦袋與之匹敵的人物。

──N的領導人，莫里亞蒂教授──

夏洛克終生的對手，透過條理蝴蝶效應引發第一次世界大戰的男人。紀錄上約在一百年前與夏洛克交手，墜死於萊辛巴赫瀑布──然而就如尼莫和茉斬所暗示的，那傢伙其實到現在還活著。把那艘核子潛艇當成自己的城堡，繼續從事活動。

「……嗚……嗚嗚……」

我聽到這樣害怕的聲音而轉回頭，發現仙杜麗昂癱坐在冰塊上望著那艘黃金潛艇。

「仙杜麗昂，那艘大型潛艇究竟是什麼？如果妳知道它的艦名等等詳細資料，就一五一十說出來！」

知道仙杜麗昂是N的成員的雪花如此詢問後──

「……那是──『諾亞』。」

仙杜麗昂在無處可逃的浮冰上一邊後退一邊如此回答。

……諾亞？

是我聽錯了嗎？

不，她剛才確實說是『諾亞』。

「那原本是中國的秦級彈道飛彈核潛……是當年除籍、退役時中國政府以委託解體的名義提供給教授的。」

「──原來妳是N的人呀。那我問妳，為什麼莫里亞蒂不是把從英國盜走的黃金裝在艦內，而是像那樣貼在外面？」

被亞莉亞如此逼問的仙杜麗昂直說「這、這我不曉得」而沒有回答。然而她的表情明顯看起來就是知道答案。大概是被N下了封口令了吧。

就在這時，超超能力少女・金天彷彿不願認同那艘艦的存在似地皺起眉頭──

「我猜那恐怕是為了跳躍到別的世界。」

聽到她這麼說，仙杜麗昂當場露出『妳居然知道！居然講出來了！』的表情。

「那還只是基礎研究階段的術式，不過現代的超能力學認為如果要施展操控時間與空間的超超能力必須使用色金。然而據說從前的超能力者使用金就辦到了那種事。雖然留下的紀錄很少，是甚至連存在都遭到質疑的失傳技術啦……」

聽到金天這段話，當年大概就是用那失傳的技術前往列庫忒亞的雪花與蕾芬潔便互瞧了一眼。

站在那旁邊的亞莉亞則是甩動粉紅色的雙馬尾轉朝我的方向。

「從你打倒的拉斯普丁留下的砂金，以及你包養的恩蒂米菈留下的筆記中——也確認了利用純金當成觸媒超越時空的超超能力是實際存在的。我和白雪以及貞德到神濺去調查的就是這件事。玉藻跟伏見則是在理論層級上知道那個術式，叫作『跳金』。」

……沒想到我在製造了色金粒子的空白地帶之後，又再一次跟超能力業界的革新扯上關係啦。明明我不是什麼超能力者，只是普通人類地說。

不過確實，恩蒂米菈與雪花往返列庫忒亞時的魔法陣有使用到金製的鐵絲。

就跟拉斯普丁納的砂金一樣，那也是為了往來這個世界與列庫忒亞而使用的純金啊。

既然這樣，那艘黃金潛艇——

「——那艘潛艇可以打開通往玲之國的門嗎？仙杜麗昂，快回答。」

被雪花如此逼問的仙杜麗昂嚇得瞄向雪花的軍刀與手槍，不停發抖……

「是、是、是的，沒錯。諾亞是可以穿梭到列庫忒亞之海的船艦……！」

她總算招供了。

——真的假的——

如果那艘巨艦能夠往來列庫忒亞，就能一次運送好幾百名的列庫忒亞人。那不就是真的「門」了嗎？

「簡直就像……往來於不同世界之間的太空梭呢。」

亞莉亞額頭滲出緊張的汗水，用紅紫色的雙眼瞪向諾亞。

如果把雪花和蕾芬潔比喻為單獨將一個人送往太空的水星計畫太空人，那麼諾亞就是能夠一口氣運送許多太空人的太空梭……不，以規模來講，應該像是動畫或電影中的白色基地(WHITE BASE)或滅星者(Star Destroyer)了。

不叫諾契勒斯——而叫諾亞的艦名由來，應該是舊約聖經創世記中的「諾亞方舟」吧。在神的命令下建造的那艘船，據說搬運了這世上所有種類的動物。那艘核子潛艇諾亞也有可能透過反覆運輸，將列庫忒亞全種族的女神、半人半妖的女性們都送到這裡來。為了創造「門」派的激進派——N所期望的新世界。

就在我們感到困惑的時候，仙杜麗昂「咿……！」地倒抽一口氣，露出幾乎要昏厥似的表情注視諾亞的艦橋。

於是我也用爆發模式的視力看向那黃金的艦橋——發現那裡有個人影。

是個身材很高、很精悍的人物。但我首先就看不出來那個人的性別。要說是男性也看起來像個美男子，要說是女性也看起來像個帥氣的女人。硬要形容的話，有點像緋鬼的閻，但頭上沒有角。威風凜凜的模樣散發出的氛圍有如身經百戰的勇者，身上穿著舊式英國海軍服以及大衣。臉上帶有克服過重重苦難的人特有的一種有如苦行者般的超越感。

看一眼就能知道，那個人物不簡單。不，甚至連是不是人類都很存疑。

我之所以會那樣認為，是因為那對深灰色的眼睛——雖然沒辦法清楚說明是什麼地方怎麼樣，但我就是覺得有種異於常人的感覺。明明也沒有用力睜大，卻在頭上那頂N的軍帽底下看起來特別顯眼。似乎沒有特別看向什麼地方，卻又讓人覺得好像看著一切，是一對神祕而充滿力量的眼眸。

「教授……！我、我是遭到這些人襲擊，所以才逼不得已——是逼不得已的呀！」

仙杜麗昂用發抖的手從胸口拿出一個像無線對講機的東西，慌慌張張地為自己辯解。對方是「教授」——果然，那就是莫里亞蒂……！

然後……

現在這個狀況，就跟我初次遇上夏洛克的那天一樣。

那天我們從安蓓麗奴號脫逃出來後，伊．U和夏洛克現身在我們眼前。而現在我們從哈巴谷號逃出來後，諾亞與莫里亞蒂就現身了。兩次都是在大海上。彷彿以前當時是延續到今天此刻的序章一樣。

這樣奇妙的符合，想必不是偶然。是莫里亞蒂故意安排出這種構圖的。

但又是為了什麼？我即使靠爆發模式的腦袋也想不出原因。

我們把耳朵都湊到仙杜麗昂的無線對講機旁邊，結果對方就像在等我們這樣聚集似的——

『我想說如果要跟你見面，在海上比較好。』

即使在一片「沙沙、沙沙」的雜音中也能清楚聽到，很清晰的英式英語。

那就是對方的聲音。明明只是透過對講機聽到一句話而已，卻讓人有種彷彿有一陣風吹過全身似的奇妙感覺。然後我還是聽不出來那究竟是男性或女性的聲音。

不過對方剛才那句話似乎不是對仙杜麗昂講的。也不是對我們之中的任何人，而是有種像對舊交打招呼似的感覺。對方究竟——是在對誰講話？

我瞪著黃金艦橋上把通話麥克風握到嘴邊的莫里亞蒂——結果看到在視野角落又發生了另一個異樣的景象。

……隆隆隆隆……隆隆隆隆隆……

面朝諾亞左邊約五百公尺處的海面逐漸隆起。

「……！……」

我們所有人又再次錯愕無語。

在那裡，首先是艦橋，接著是艦體浮上了海面。把艦艏朝著我們的方向，左右舷的海水如瀑布般落下的另一艘——黑色的巨大潛艇。

海水都還沒完全排掉，就有個嬌小的人影出現在黑色艦橋上……

『不、不要出手，金次！』

是穿著十九世紀法國海軍服的尼莫，她的聲音從仙杜麗昂的對講機中傳出來。

化不可能(Enable)為可能的男人與化可能為不可能(Disenable)的女人又同聚一堂了。在這樣意外的場所。

見到這海域竟然潛伏了兩艘巨大潛艇，雪花用力揪起仙杜麗昂的領子——「那到底是什麼！把妳知道的都招出來！」地逼問起來。

「那是『諾契勒斯』！原本是印度政府向提督提供的、超殲敵者級核潛、摩訶婆羅多號……好、好緊！……中國和印度為了不要在『泛種之門』的革命中落後，所以競相對Ｎ提供協助……請、請放開我……！」

——這讓人太驚訝了。從列庫忒亞往這個世界的民族大移動，第三次接軌……日美是站在阻止其發生的「砦派」立場，但原來中印是想要把「門」打開啊！

但現在可不是讓我對那樣的世界情勢感到驚訝的時候。

此刻的首要之務，是正確掌握現在這個狀況。

「尼莫！那艘黃金潛艇——諾亞上的那個人，就是教授對吧？」

我從仙杜麗昂手中拿過對講機如此大叫後……

『沒錯！你不能跟教授交手。事情既然變成這樣，你絕對不能反抗教授！』

尼莫拚命的聲音從對講機回應而來。

從她的語氣中——可以感受到她確信莫里亞蒂是絕對無敵的存在，以及對我的安危感到擔心，這兩種感情。

亞莉亞頓時露出比起對於前者，對於後者更加感到不爽的表情……

「尼莫……！因為她是曾爺爺的仇人，所以我叫貞德和華生去詳細調查過。尼莫家代代是潛艇一族。她的曾祖父是私掠潛艦的天才艦長，祖父也是維琪法國的潛艇艦長。這兩艘尼莫家的潛艦，艦名都叫『諾契勒斯』。雖然再下一代的尼莫似乎都乖乖待在里昂郊外沒做什麼事，但現在那個第四代尼莫又重操家業，搭上了諾契勒斯。而且她母親還是魔女家族出身的超超能力者！是個難以對付的女人呀！」

憤恨地讓粉紅色雙馬尾都豎起來的她，告訴了我們這些事情。尼莫明明被稱為提督，也擁有航海方面的知識，卻對海中的魚類不熟——原來是因為她出身於內陸的潛艇家族啊。

諾亞——Noah——莫里亞蒂所操控，將這個世界與列庫忒亞的大海連結起來的方舟。

諾契勒斯——Nautilus——尼莫所操控，繼承尼莫一族代代使用艦名的核子潛艇。兩個名字的第一個字母都是「N」。

原來國際恐怖組織「N」並不是一艘潛艇，而是諾亞和諾契勒斯組成的**潛艇隊**。各自以艦名同為N開頭的潛艇為活動據點的兩個組織。那個同盟才是真正的「N」啊。N的內部似乎分成莫里亞蒂派和尼莫派兩個派系，那可能一方面也是因為組織實際上就分成諾亞與諾契勒斯兩艘艦進行活動的緣故吧。

我的爆發模式腦袋思考到這邊，忽然彈出了進一步的預測。

雖然我希望這個預測是錯的，但可能性恐怕很高，而且會讓現在的狀況更加惡化。

N的組織中存在有一種行動模式。

也就是三位一體。N在發動攻擊的時候，都會以三個成員布局。在羅馬是伊歐、墨丘利與古蘭督卡；在東京第一次是哈耳庇厄、茉斬與瓦爾基麗雅，第二次是墨丘利、瓦爾基麗雅與尼莫。

然後現在——除了莫里亞蒂和尼莫之外，肯定**還有一個人**。

從這個狀況來思考，就代表**還有一艘艦**。

結果一如我的預想——

……隆隆隆……隆隆隆隆隆……

黃金的諾亞與漆黑的諾契勒斯中間的海面忽然隆起。越來越大，越來越大。

而且那海面的隆起方式不同於剛才那兩次的平滑曲線。或許是因為上甲板有大量的結構物，造成隆起的海面凹凹凸凸。諾亞和諾契勒斯是將艦艏朝向我們排列成平行的單橫陣，可是第三艘艦卻以斜向的角度浮上海面。如果從正上空往下看，三艘艦的陣型剛好排列成一個巨大的「N」字。

「……騙……騙人的吧……！」

即便是已經對誇張的東西習以為常的我，還是忍不住懷疑自己是不是眼花了。

那艘艦的全長與諾亞、諾契勒斯同等級，約有兩百公尺。既然是從海中浮上海面，應該是一艘潛艇吧。然而首先出現在海面上的竟是形狀有如十字架的桅杆，接著是頂端有像犄角一樣的信號梁、整體外觀纖細的艦橋「嘩啦嘩啦」地落著海水浮出海面。雖然沒有在排煙，不過連煙囪都冒出來了。接著是在艦艏與艦尾各裝兩具的巨大連管炮。艦體右舷側面塗有利用濃淡不一的灰色欺瞞航行速度與艦種的眩暈迷彩，還伸出六管副炮。主炮與副炮的炮口全部朝著我們的方向。甲板與桅杆瞭望臺上也有好幾管高角炮與對空機槍。

接著從桅杆上部打開防水殼，升起一面由三把鑰匙組成的「N」字旗。那是一艘同時具備第一次世界大戰與第二次世界大戰兩個時代特徵的……

「……戰艦……！」

是優美的外型線條很像日本海軍的軍艦，可是我不知道的大戰時代戰艦。

「那看起來應該是大英帝國海軍的伊莉莎白女王級戰艦，但艦名——本人看不出來。」

「——是地中海艦隊的戰艦巴勒姆號。但那艘艦應該已經被我們德國的U型潛艇擊沉了才對……」

當時的活證人雪花與蕾芬潔都睜大著眼睛如此說道。

伊莉莎白女王級戰艦……我記得是在第一次世界大戰中竣工五艘，經過現代化改裝，在第二次世界大戰時也表現活躍的戰艦。沒想到其中一艘還經由超改裝成潛艇，到現在二十一世紀還活著——

「……『納維加托利亞』……」

仙杜麗昂大概是想說又受到暴力對待之前乾脆自己先講出來，而說出了這個名字。

納維加托利亞。這個詞的由來意思為「引導者」的拉丁文。拼法就是以仙杜麗昂的戒指上那個Nav為開頭的Navigatoria——第一個字母是「N」。

不用再確認就知道。那肯定是這艘戰艦巴勒姆號改造重生而成的海底軍艦的艦名。

——諾亞、諾契勒斯、納維加托利亞。

這次我可以很有信心地說了。這三艘艦就是「N」的真面目——！

「竟然把HMS巴勒姆號擅自打撈起來利用，簡直豈有此理……！」

虎牙磨得軋軋作響的亞莉亞——見到納維加托利亞的艦橋上有一名少女打開艙門現身，頓時驚訝得抽了一口氣。接著轉頭看向金天。

我看到那名少女也同樣當場錯愕。雪花也是。不過我想在場最驚訝的人，應該是金天吧。

和莫里亞蒂與尼莫戴著同樣的軍帽，毫不在意這裡寒冷的天氣，竟穿著可視為泳衣也可視為內衣的比基尼打扮現身的少女……

她的頭部兩側有一對像是把犛牛的角加粗的犄角，臉上則是帶著不管在什麼舞臺劇或電視劇中大概都只能被分配到壞人大小姐角色的，既高傲又壞心眼的表情。

但是，即便如此。

她還是長得很像——很像**金天**。

我靠爆發模式的視力可以分辨出來，那名美少女的黑髮與黑眼睛都略帶藍色。所謂略帶藍色的黑色其實也可以分成無限種類的色調，但她的色調跟金天完全一樣。由於那身打扮而可以清楚看到的肌膚顏色也跟金天很像，像到很不自然的程度。

『路西菲莉亞，別開炮！他們是朋友！我絕對、絕對會說服他們的！』

從黑色核潛——諾契勒斯透過無線對講機如此呼喚的尼莫，是對著那名少女在講的。

被稱為路西菲莉亞的少女從艦橋探出上半身，用望遠鏡看向我們……大概是注意到金天的存在，頓時露出虎牙，咧嘴一笑。

「那是誰？為什麼——」

我這麼詢問，結果尼莫就像是根本沒時間聽我把問題問完似地搶先回答：

『現在是緊急狀況，我只講名字。她叫路西菲莉亞・莫里亞蒂四世。是列庫忒亞的——啊啊！住手！路西菲莉亞，不要那樣！』

路西菲莉亞彷彿對尼莫的制止聲音充耳不聞，對艦橋內的某人大叫下達指示。看起來就像任性大小姐抱著好玩的心態出難題為難女僕們的感覺。

接著納維加托利亞的全主炮、副炮的炮口——為了防止進水而堵住的艙門都像照相機的光圈一樣接連打開。沒搞錯吧……！

「……！……」

不只如此。

在這樣的緊急狀況中，彷彿要讓問題更嚴重似的——

……隆隆隆隆隆隆隆隆隆隆……

從我們的背後傳來第四度的海水巨響。

我轉頭一看，發現背後距離兩公里處的海面隆起了。

是**第四艘潛艇**一邊浮上海面，一邊撥開海水朝我們航行而來。

「又、又是新對手。N到底擁有幾艘軍艦！」

在搖晃的浮冰上，雪花如此逼問仙杜麗昂後——

「沒、沒有了，N的艦隊就只有三艘艦！我不曉得那艘艦是什麼！」

仙杜麗昂眼眶泛淚地用力甩頭。

「既然這樣，那又是什麼！」

雪花伸手指向濺起海水朝我們而來的黑色船艦，如此反覆詢問。

「我、我不曉得，不曉得呀！」

仙杜麗昂也重複著同樣的回應。不過——

「我知道。」

「我也知道。」

並肩轉身，看向那艘核子潛艇的我和亞莉亞代替她回答了。

那是……

「『伊・U。』」

就在我和亞莉亞異口同聲說出那個名字的同時——

有一名男性毫不在意會被海水淋溼地爬上了剛探出海面的艦橋。身上穿著設計古典的黑色正式西裝現身的那名男性，正是夏洛克・福爾摩斯。被尼莫擊倒而昏睡了很長一段時間，結果一醒過來就從梵蒂岡的治療院消失蹤影——可是才沒過多久居然又再度登場了，實在叫人吃驚又佩服。

夏洛克臉上帶著憤怒的表情。

那傢伙是個無時無刻都很冷靜的男人，我從來沒有見過他露出那樣的表情。關於這點亞莉亞似乎也跟我一樣，額頭上滲出汗水。

這狀況看來……

要開始啦。

「就算是我，也是第一次遇上艦隊戰啊。」

「我也一樣。」

過於誇張的狀況發展，讓我和亞莉亞的玩笑話都變得簡短了。

站在黃金潛艇諾亞上的莫里亞蒂——在笑。

海底軍艦納維加托利亞上的路西菲莉亞也是。

雪花與蕾芬潔就好像互相保護對方背後似的，分別朝著N與伊・U。

仙杜麗昂則是抱著她的金髮頭部，像烏龜一樣縮起身子，「全知全能的主耶穌——只有我、只有我不壞！拜託只救救我也行呀……！」地祈禱著。

亞莉亞這時朝著尼莫，右眼越來越紅、越來越紅——開始發光。是擁有無限射程的雷射攻擊準備動作。就在判斷出戰鬥無法迴避的瞬間，亞莉亞便先發制人——牽制不讓尼莫用雷射狙擊夏洛克了。

現場有尼莫，也有我。會將可能化為不可能，也會將不可能化為可能。

已經沒有任何人能夠預測這場戰鬥的結局了。即便是擁有條理預知能力的夏洛克和莫里亞蒂也一樣。

就在亞莉亞準備好雷射之後，夏洛克緊接著對擴音麥克風大叫了些什麼。

由於我們和伊・U的距離已經不到一公里，因此我能辦到讀脣。他是下達了『一號到四號——發射！』的命令，對著恐怕在伊・U艦內的緋鬼・壺。

接著——隆隆隆隆隆——些微的震盪甚至傳到我們這塊浮冰上。

這個震動，我以前在護衛艦春霧上也有經驗過。

夏洛克那傢伙！居然劈頭就發射魚雷了！

從伊・U延伸出來的白色魚雷軌跡，在淺海面下拉出四條直線。四發魚雷沿著些微不同的放射角度，一發射向諾契勒斯，一發射向納維加托利亞，兩發射向諾亞。現在四發魚雷同時通過了我們這塊浮冰的左右兩側。

啊啊，真受不了。

好啦，好啦，我知道了啦。

只能幹了。這次也一樣只能幹了對吧？

畢竟——我、亞莉亞、尼莫、夏洛克、莫里亞蒂、路西菲莉亞……

該登場的演員們全都到齊啦！

Go For The NEXT!!!!!!

後記

大家好！今年赤松聖誕老人又來囉！一如往年！

筆者在成為作家之前，曾經以荷蘭為據點從事過巡迴歐洲各地像是行商一樣的工作。當時一起工作的夥伴中有美國人、英國人、義大利人、埃及人、荷蘭人、希臘人、土耳其人、巴西人、法國人、比利時人、阿聯人……各種國家的人都有！

其中和我感情特別好的，是德國人的埃德加（假名）。他臉型方正、身材高，很遵守規則與時間，經常換新車（有一臺是被我弄壞的。對不起，埃德加！），可說是很典型的德國人。而且還很幽默。

有一天，我和埃德加聊到家族的話題……

「我的祖父在第二次世界大戰時，是德意志國防陸軍的戰車兵。」

聽到他這麼說，畢竟我也是男生，當場就眼神閃閃發亮地問了他：「戰車！他是坐什麼戰車！」

「我父親說他有看過祖父坐上虎式戰車前往東部戰線的英姿。」

「是德蘇戰爭！」

「沒錯。我祖父的虎式和好幾倍數量的T－34戰車交鋒過。」

正如他所說，當時蘇聯量產的戰車數量遠比德國還要多很多。虎式戰車雖然在火力和裝甲性能方面很出色，但數目上壓倒性地不足，經常被迫面對寡不敵眾的局勢。

「……他有活著回到德國嗎？」

我有點害怕地這麼詢問後……

「我父親說他有看到祖父走著回來。」

埃德加如此回答，讓我不禁鬆了一口氣。但我接著注意到他這句發言中，除了表示那位祖父平安生還之外，還隱含了另一個意思。

我察覺這點而不禁苦笑，結果埃德加看到我的表情後也露出苦笑，補充說道：

「只不過，虎式戰車就沒有回來了。」

就這樣，恕我告退了。第三十四集就到這邊。

在此祈禱，當第三十五集出版的時候，人類已經戰勝了病毒。

二〇二〇年十二月吉日　赤松中學

アリア 34巻!!!

※亞莉亞第34集!!

■每次有新角色登場時，我都會邊畫邊擔心真的這樣就好嗎？希望讀者們多多少少會喜歡。

那麼就期待下一集再相見吧！

浮文字

緋彈的亞莉亞(34) 早天的嚮導艦

(原名：緋弾のアリアXXXIV 早天の嚮導艦(ナヴィガトリア))

作者／赤松中學　封面插畫／こぶいち　譯者／陳梵帆
榮譽發行人／黃鎮隆　總經理／陳君平
經理／洪琇菁　國際版權／黃令歡
執行編輯／呂尚燁　美術編輯／徐祺鈞
企劃宣傳／洪國瑋
出版／城邦文化事業股份有限公司 尖端出版
台北市中山區民生東路二段一四一號十樓
電話：(〇二)二五〇〇七六〇〇　傳真：(〇二)二五〇〇二六八三
E-mail：7novels@mail2.spp.com.tw
發行／英屬蓋曼群島商家庭傳媒股份有限公司城邦分公司　尖端出版
台北市中山區民生東路二段一四一號十樓
電話：(〇二)二五〇〇—七六〇〇(代表號)
傳真：(〇二)二五〇〇—一九七九
中彰投以北經銷／楨彥有限公司
電話：(〇二)八九一九—三三六九
傳真：(〇二)八九一四—五五二四
雲嘉經銷／智豐圖書股份有限公司　嘉義公司
電話：(〇五)二三三—三八五二
傳真：(〇五)二三三—三八六三
南部經銷／智豐圖書股份有限公司　高雄公司
電話：(〇七)三七三—〇〇七九
傳真：(〇七)三七三—〇〇八七
一代匯集／香港九龍旺角塘尾道六十四號龍駒企業大廈十樓B&D室
電話：(八五二)二七八三—八一〇二
傳真：(八五二)二七八二—一五二九
馬新總經銷／城邦(馬新)出版集團　Cite(M)Sdn.Bhd.
E-mail：Cite@cite.com.my
法律顧問／王子文律師　元禾法律事務所
台北市羅斯福路三段三十七號十五樓
二〇二一年八月一版一刷

■中文版■

郵購注意事項：
1. 填妥劃撥單資料：帳號：50003021戶名：英屬蓋曼群島商家庭傳媒(股)公司城邦分公司。2. 通信欄內註明訂購書名與冊數。3. 劃撥金額低於500元，請加附掛號郵資50元。如劃撥日起 10～14日，仍未收到書時，請洽劃撥組。劃撥專線TEL：(03) 312-4212 ・ FAX：(03) 322-4621。E-mail：marketing@spp.com.tw

國家圖書館出版品預行編目資料

緋彈的亞莉亞(34) /
赤松中學著 ; 陳梵帆 譯. --1版.
--臺北市：尖端出版, 2021.08 面 ; 公分. --(浮文字)
譯自:緋弾のアリア34

ISBN 978-626-308-876-4(第34冊 : 平裝)

861.57　　110008959